惡女書

陳雪

新版序

那些我想永遠記住的

《惡女書》是我的第一本小說集，收錄〈尋找天使遺失的翅膀〉、〈異色之屋〉、〈夜的迷宮〉、〈貓死了之後〉四個短篇小說，第一次出版於一九九五年九月，二〇〇五年新版重出，時間來到二〇一八年，再次於印刻文學重新出版。

安靜的午後，我在家裡的客廳書桌寫長篇，屋裡明亮寬敞，生活作息全憑我自己安排，我聽著顧爾德彈巴哈，這是寫作的儀式，彷彿顧爾德的手指落下、敲響琴鍵，我就有直覺可以落下手指、敲動鍵盤。《哥德堡變奏曲》第一版出版於一九五五年，一九八一年顧爾德重新演繹了這個曲子，年輕時與中年後的顧爾德分別彈奏錄製了這個曲子，年輕的我偏愛年輕的顧爾德，到了中年的我，聽懂了中年的顧爾德。

《惡女書》的第一篇〈尋找天使遺失的翅膀〉，是我至今被收錄、轉載、研究最多次的作品，那是我在大學快畢業時，坐在地板上就著一個木箱子鋪上稿紙用鋼筆寫下，當時我用父親給的音響，一邊聽顧爾德一邊寫稿，猶如現在一樣，當年我只是個小說練習生，對於小說、同志、性別理論懵懵懂懂，腦中燃燒得更多都是對寫作的狂熱，我沒想過如何成為作家，如何出版書籍，將來以何維生，我只曉得要寫，正如書中角色草草的心境，能寫就能活。我不知道自己的書即將掀起巨浪，掀翻我自己這艘顫危危的破船，而這道浪也把我提早推進了「作家」這個身分裡，這本小小的書充滿連作者自己都沒有察覺的力量，那是年輕、狂熱、無所畏懼也無所求的寫作者才能擁有的力量，多年後我重看這些稿子，看得到自己當年的生澀，天真，也看到了我不可能再擁有的那股生猛強烈的力量。

《惡女書》一九九五年出版時曾引起過重大的爭議，後來很長的時間裡，我對於這本書總是夾雜著複雜的情緒，我既寶愛自己的第一本書，卻也恐懼旁人看待我時只記得我寫過這本書，或許因為這股矛盾的情緒，促使我一本一本地寫長篇，使我終於走出了自己小說的道路。

我沒有如顧爾德那樣於中年時重新演繹，然而在同志婚姻即將合法，又面臨各種阻礙之際，這本書能夠再次出版，對我意義重大。這本書不但是紀念我所經歷過那個困難的時代（無論是對於同志，或對於我自己），也記錄了我作為小說寫作者艱難的起步，我在每一個短篇裡看到自己在端盤子、洗碗、送貨、擺地攤，我看到自己在各種不適宜寫作的時空裡努力地擠出時間，找出位置，在夜市的攤位上，在黃昏市場對面的小咖啡店，在家裡的陽台，在房間的地板，在各種工作的檯面上，用鋼筆一字一句書寫著，二十多年過去，我終於可以平靜地看待她，如果她是個女兒，也該二十多歲了，我不用再逃避她了。

祝福這本書。祝福所有閱讀她的人。

自序

我的第一本小說集《惡女書》，出版於一九九五年，絕版於幾年之後，但這本早就絕版的書不但變成了陳雪的「代名詞」，也變成許多研究我的學生、學者、評論者必然會提到的重點書單（甚至是唯一的書），一個小說家的第一本作品卻變成個人的代表作，讓我不知該哭還是該笑，我多希望別人可以研究一下我其他作品。

不過就是幾年前的事，二〇〇〇年，那時我已經出版了四本小說，但市面上找不到我任何一本書，即使惡名昭彰的《惡女書》連誠品書店都找不到，甚至我自己家裡也沒有，因為各種奇怪的緣故，我早期的書多半命運乖舛，落得絕版的下場。那時的我經常感覺混亂，我人還住在鄉下，我不上網除了工作不太出門，我幾乎不看報紙雜誌，對文壇也一無所知，但每次去逛書店都會覺得難受，好像有很多人喜歡我的書，好像有很多人在討論我的作品（雖然我不完全知道那些人是誰），但我卻像是一個沒有作品的作者。

我似乎是一個「不存在的作家」，大部分的時候我都覺得自己一直寫著小說的舉動好像標誌著我是個「肖仔」。

《惡女書》出版後有很多標籤紛紛加諸在我頭上，我從也不去反駁也不解釋，因為無論我承認或反對都可能會招致更多誤解，我對自己的性傾向從來不迴避（我是個酷兒，如果大家還記得這個詞背後的意義），我確實積極地參與過許多同志運動與社會運動，我更認為讀者或評論者可以隨自己的心意去詮釋我的作品，我不需要跳出來說話。但老實說，大部分時間我滿腦子想的就只是如何繼續寫小說，要怎樣寫出自己想要寫的作品，任何我感興趣的題材我都希望用小說的形式來表達。

事隔多年我才深切體會，有許多事並非一朝一夕的，一本喧騰一時的書可以成就一個作家一時，卻無法讓他永遠安心，無論你寫了什麼都會有人忙著來幫你解釋這解釋那，會有人贊成你有人反對你，有人喜歡你有人討厭你，然而這些你不但控制不了也不該苦惱，一個作家與其多話不如多寫，因為話語會消失而作品會留下來（即使絕版了也能夠重新出版），等我明白這個道理，已經過了十年。

這十年裡，我寫了四本長篇小說，四本短篇小說，一本遊記，題材從大家最為熟知的「女同志」「女性情欲」「精神疾病」「創傷」到近期的「階級」「家庭關係」，議題繁雜難以歸類，我寫精神病患、寫身體上有殘疾的人、寫在夜市擺地攤的人、寫在色情行業討生活的人、我寫各種在精神上生理上的跨界者，我腦子裡還有很多很多想寫的題材，總是不斷地想要寫出更多「人內在」的故事。若認真讀過我所有的作品會發現其實我關注的從來都不是某單一「議題」，而我也確實不喜歡自己被局限在任何一個圈子或框架底下，我厭倦於別人始終將我當作只會寫情欲或同志議題的人，也不想被當作鄉土寫實派，我只是個小說家，是個一直都在對抗偏見與污名、而且不相信這世界只有一種「真實」的人，但我深知可以與對我個人與作品產生某種刻板印象抗衡的辦法並不是辯解，而是寫出更多的作品，我總是不滿足已經寫就的，心裡只想著那還沒有被我寫出來的作品，每一次寫作都是把自己熟悉且擅長的技巧與題材放棄重來，全新的學習。

於是我就一直一直寫小說。

那其實是非常漫長而且辛苦的過程（但我深信那是一個認真寫作的人必經之路），從《惡女書》到《陳春天》，我出版第一本書就引發各種注目討論（那些討論至今仍未停歇），但卻是在寫了九本小說之後才讓大家相信我是在「認真寫小說」而不只是在「操作某種議題」。而往後我也會如此認真。

十年過去，現在市面上都應該可以買到陳雪的書了，我也在各種簽書會座談會、同志運動的場合親眼見到我那些熱情的讀者，我已經不是那個不存在的作家，我以顛簸的步伐，向自己證明我可以繼續寫下去，標籤或議題從來都不是我考慮的重點。

為何會選在這時候把十年前的第一本著作重新出版呢？

因為這本書早已絕版，市面上流傳的除了影印本，更多的是各種同志非同志的小說選集裡的短篇，這些選集都不約而同選了我第一個發表的作品〈尋找天使遺失的翅膀〉——因為某個作業上的疏忽，我總是懶得去細看那些密密麻麻的英文合約，甚至有兩個不同的英文選集收錄了此篇兩種不同的英文翻譯。非常多人沒有讀過完整的《惡女書》，而只是讀過這個我首次發表的短篇小說。我經常收到讀者轉來的信件想要買這本《惡女書》以及其他絕版作品，晶晶書庫的老闆阿哲曾經告訴我：「讀者都直接把錢寄到書店叫我們幫她訂書，我不知道要怎麼處理。」一些研究性別的學者從其他國家寫信問我可否「賣一個合法的《惡女書》拷貝」，我那些忠實而熱情的讀者去舊書店找，去跟朋友借，有些人，甚至還跑去圖書館「偷」。

歷經時間的淘洗，我想《惡女書》對我自己、對我所存在的社群以及九〇年代的性別研究依然有某種意義，《惡女書》所受到的關注與討論雖然造成了我個人的焦慮但也使我有更多力量繼續寫下去，就一個小說家的第一本書來說，這麼旗幟鮮明的作品確實令人愛恨交織，但如今我已經有更多的作品能夠發出更多不同的聲音，而出版社以及我個人收到的訊息是，有許多讀者在各種地方設法想要找到這本書，這些讀者的誠意讓我們無法忽視，所以我們決定讓它「重新出版」。

當年，從參加比賽、發表到出版過程艱辛且充滿我想像不到的爭議（因為這些道德爭議我非但沒有得獎，甚至連出版都很不順利），出版後褒貶始終不斷，連當初出版的方式貼上「十八歲以下不宜閱讀」的貼紙包上膠膜，都被當作是一種商業操作的手段，大部分的人都不知道，那其實是一本原本因為涉及太多女女情欲描寫而差點出版不了的書，包上膠膜與其說是一種手段不如說是一個撇清的動作。

另外，書裡收錄的楊照先生寫的序文也成為爭議的焦點，有許多評論者針對楊照先生的序文提出各種不同意見，我也許多次被問到對於此序文的看法，我常打趣地說：「我是少數有名人寫序但書裡卻沒有推薦詞的作家。」當然，當時並不是我自己主動邀約這篇序文（那時我什麼作家都不認識），我也不知道會得到這樣的意見。這個新版的集子裡將舊版的四篇小說與楊照先生的序文，一字未改地全數收錄，我個人雖然對序文的觀點不盡同意，然而因為長期以來諸多討論與研究都提及此了，因為《惡女書》似乎已經不是我自己的作品而屬於任何曾經參與過討論的讀者，所以我希望讓這書用本來的面目再次出現。

在此我要感謝印刻出版社的初安民先生與江一鯉小姐，這十多年來他們兩人始終在我寫作的生活裡給予各種支持，當年《惡女書》與他們失之交臂，而如今終於可以讓他們出版我感覺非常欣慰。

也要感謝許多在四處尋找著那本書的讀者，是你們的熱忱促成了本書的再次出版。

至於大家所關切的許多問題，往後，且讓我用更多的作品來慢慢回答。

二〇〇五年七月

何惡之有？
——序陳雪小說集《惡女書》

楊照

1

上個世紀末（一八九一年），有一位住在倫敦的病理學家，出版了一本叫作《男人和女人在神經結構上的差異》的醫學專書，立刻在書市上廣受注意，成了不止是英國，甚至是全歐洲的暢銷書。

《男人和女人在神經結構上的差異》這本書裡最大的特色，是作者哈瑞・坎伯（Harry Campbell）用科學的權威，努力想要證明男人是比較接近、類似於動物的，女人卻是一種全然奇特的物種。男女的神經結構差異，在性行為下表現得最為清楚。男人像動物一樣，要有性衝動才能有性行為；可是女人卻不必，女人是否有情欲反應，在人類性愛過程中，根本就不重要。這是坎伯最主要的理論。

同樣在一八九一年，一位法國的名作家則在雜誌上宣稱：「要弄女人上床，就像要攻陷一座城堡一樣，只能用三種手段：第一是暴力、第二是詭詐、第三是饑餓。」這句話也在一時間廣為流布。

不管是披著科學外衣的專書，或是看來似乎漫不經心的閒話，都是當時一股強大探討男女情欲潮流中的小小波濤，代表的是上一個世紀末，歐洲人突然之間發現男女之間的互動、交往，不再是一件生活裡既定、既給（given）、無須思考、討論的天經地義、直截反射動作了，男女關係變成了強迫許多人必須提出說法、答案來的大議題（problematique）、大問號。

我們現在可以找到、看到的文獻，當然大部分是男人寫的、男人說的。那個時代女性的發言權畢竟相當有限。從類似坎伯那樣的作法，我們其實可以看出來那個時代男人心中龐大的焦慮。他們一方面想要保有過去對待女人的威權、主動習慣，可是另一方面又油然生出心虛的感覺，所以才需要假藉科學來反覆申說——女人到底是什麼？女人到底是怎樣的動物？

那其實是一個「男人發現女人」的時代。經歷整個十九世紀的大變動，舊社會秩序遭到最無情的質疑，而新社會規範又遲遲無法成形，於是在夾縫裡開出了許多女性可以活躍的空間，也有了許多女性可以扮演的新角色。面對這樣的局勢，男人被迫看見自己原以為熟悉的女人形影，竟然在做著一連串陌生的動作。

陌生感帶來不安、帶來焦慮。以前的男人認定「女人就是那樣」，所以不必多說什麼。十九世紀的男人卻拚命用各種方式說破了唇，想要證明「女人就是那樣而已」。

需要去證明「女人就是那樣而已」，其實正是因為男人發現女人不只是那樣。在這過程中，最讓男人擔心的是女人表現在社會規範以外，無確定形式、神祕莫測的情欲。坎伯的理論的反面，坎伯急急想要否認的，是：「如果女人也有情欲呢？」這個似乎愈來愈明顯的假設。

如果女人也有情欲呢？女人的情欲和男人有什麼不一樣？更重要的，女人的情欲對男人會有什麼影響、什麼作用？

像坎伯那樣的科學家，努力想逃避這套大問題，可是另外卻也有一群男性的藝術家，試圖用別的方式來處理這份新發現。他們開始展現女性情欲敗德、墮落、腐化的一面，用文字想像及繪畫實景形塑一種「新女性」——充滿情欲的女性、充滿危險威脅的女性、令人不安、令人急欲避之甚至恨不得除之而後快的女性形象。

專門研究這群詭異世紀末女性形象的學者狄斯特拉（Bram Dijkstra），稱之為「變態的偶像」(idols of perversity)。在這些文學與繪畫的作品裡，帶有情欲內在的女人，被刻劃成是變態的，她們的美是一種變態的美，是一股潛在、罪惡性的毀敗腐蝕力量，要欣賞那種美、耽溺於那種美的話，男人恐怕就必須以整個社會、文明的傾崩作為代價。

在表面上崇拜新發現的女性情欲，骨子裡卻給予最深最嚴厲的譴責，把女性情欲等同於其他引誘人們犯罪的邪惡力量，這是上一個世紀末，歐洲男人幹下的勾當。

這樣的思想、這樣的表達方式，到了二十世紀初，也曾傳入東方。在中國，以張競生《性史》為代表的一系列色情作品，基本上都是傳揚這種「女性情欲是邪惡力量」的重要幫兇。事實上，不只是男作家如此，就連初初取得發言地位的女性，在碰觸到這個問題時，也都或多或少沿著這個脈絡在思考，丁玲的成名作《莎菲女士的日記》，就是最好的例子。女性的情欲被拿來和純潔的少男作對比，情欲和經血一樣，成了文化裡的污染源(polluting factors)，必須小心翼翼的包藏起來，有時數需用道德或更激烈的手段予以袚除。

2

女人是可怕的，情欲是罪惡的。

一百年過去了，新的世紀末籠罩著我們。

如果說上一個世紀的情欲難題，是由「男人發現女人」而開其端的，那麼這個世紀末最突出的主題，應該是「男人發現男人，女人發現女人」了。

我們沒有辦法一一縷述一世紀內發生的事，不過至少我們可以清楚標出，八〇年代以後，「男人」、「女人」單一分類概念在各地都受到了嚴厲的挑戰，急遽地失去了其原有的論述權威力量。

簡化地說，過去談到「男人」，用的是單數，就是「一種男人」。你是男人、我也是男人，那我們兩個就應該是同樣的，我沒有什麼理由花時間費力氣去瞭解你，因為我看看自己就曉得你是什麼德行。

所以一切的問題、一切的故事，只能發生在男人和女人之間。不管是一個男人和一個女人、一個男人兩個女人、兩個男人一個女人，反正只有在異性交錯的關係裡才有神祕感，才能激起好奇心。

八〇年代以後，最大的改變就是，愈來愈多人驚訝地發現、繼而靦腆地承認：男人有千千百百種，千千百百種我這種男人所無法瞭解的男人！有千千百百種的男人，同時也就意味著，男人與男人間的感情、關係，不會只有一種，應該有千千百百的平方那麼多種。

男人與女人的羅曼史故事，在文學中幾乎都被寫濫了，世紀末的今天，我們赫然見到前方浮現出一塊新的荒原，等待開墾——女人與女人的情欲探索、男人與男人的意亂情迷。

文學總是同時深陷在社會的網路裡，卻又超脫領先社會。在男女同性戀的觀察敏感上，文學是領先社會的；然而在同性戀不被普遍接受的這一面，文學卻又往往直截反映社會的價值，無緣真正超越。

這種既前進又退縮保守的雙重性格，就塑造了台灣（甚至全世界）過去舊同性戀文學獨特的美學。舊的同性戀小說總是陰鬱的、帶有罪惡感的，一方面探索、暴露同性戀的新疆界新領域；另一方面卻也遲疑徘徊在社會既有的刻板印象羞恥譴責上。台灣早些年林懷民寫的〈安德烈・紀德的冬天〉是如此，白先勇的〈寂寞的十七歲〉、《孽子》更是如此。

那麼到了二十世紀末尾，社會上開始正視「男人發現男人」、「女人發現女人」的新文化躍動時，文學上會產生什麼樣的變化呢？自然就讓人感到格外好奇了。

3

九〇年代的台灣文學，有兩部作品是不應該被忽略的。第一部是朱天文的《荒人手記》，第二部是邱妙津的《鱷魚手記》。這兩本小說都各自有其受到社會注意的外圍因素，《荒人手記》拿到了台灣文學史上最高額的單一獎金獎項，《鱷魚手記》則是因為作者邱妙津以極具戲劇性的過程在法國巴黎自殺殞命。然而撇開這些外圍因素不談，《荒人手記》與《鱷魚手記》在內容上亦自有其不可磨滅的文學史意義。

《荒人手記》寫出了一個無法以既有的男女性別印象歸類的情感世界。告白體的敘述者「我」在生理上是男性，然而其告白內容兼深沉與細膩而有之，毋寧比較接近一般概念下的「女性書寫」，這固然和其真實作者朱天文的女性身分直接有關，可是《荒》書最成功的地方就在：營造了一個高度可信的氛圍，讓讀者接受那樣一個似男似女、非男非女的情境是真實存在的、更是內涵豐富值得深究的，而不至於認定那就只是女性作者要模擬男性聲音卻失敗了的範例。

至於邱妙津的《鱷魚手記》則是明白地處理了同性戀與異性戀中的種種情愫，並且展現了社會如何介入一般人最私密的情欲空間的機制，一次又一次讓我們看到本來應該是美好的愛情事物，卻因為社會性的干涉而轉化成狂亂悖道、在危險邊緣遊走的折磨遊戲。

《荒人手記》、《鱷魚手記》之後，我們讀到了陳雪的《惡女書》。同樣是處理同性戀的題材，與《荒》、《鱷》比較，《惡女書》顯然在開創性上無法讓人完全滿意，不過也正因為如此，由《惡女書》反而最能看出這一系列文學與社會糾結的脈絡。

十九世紀末的男人被新發現的女性情欲潛能嚇壞了，因而塑造出一堆關於情欲女人的惡魔形象；同樣地，二十世末的女性在醒覺到其他女性的情欲內在時，也會因恐慌、害怕、不習慣而採取閃躲、逃避、合理化的種種手法。

把這份情欲「罪惡化」，然而卻又沉溺其中，是第一種手法。把情欲轉化為其他衝動、其他執著追求的投射變形，又是另一種手法。此外，將原本是實實在在的生活演出予以神祕化，抽離衣食住行的細節，改寫成一個沒有特定時空定點的普遍化故事，又何嘗不是另一種逃避。

這些手法，就構成了《惡女書》的主幹，是《惡女書》裡最值得注意的，也是最迷人的部分；然而也有可能會是限制陳雪未來文學發展的重要障礙。

我們在《惡女書》裡看到的女同性戀感情，幾乎都刻意抽開了社會的脈絡，然而愈是想要閃躲社會的干預，反而就愈是表現出作為社會奴隸的一面。

在陳雪筆下，每一段女同性戀情欲都是充滿罪惡感的。這種罪惡感其實訴諸的是背後未明說的社會制約，和故事的角色並沒有必然的聯繫。

再者，在形式上，這四篇小說一貫採取的都是第一人稱告白體，沒有作其他的變化試驗。陳雪的告白體只是表面的形式，敘述者煞有介事地縷縷道來自己的所思所行，看起來好像是坦誠的、好像是實話實說的，然而讀到後來，我們卻可以清楚地感受到文本裡有一股強大的張力，是敘述者的顯意識與潛意識間抗衡衝突所產生的張力。敘述者自以為認真在訴說著的告白，其實是一份「幻假意識」（false consciousness）罷了，真正的心情意念，是被壓抑、被扭曲、被藏在字裡行間的。而這份壓抑的來源，當然不是個人的、而是社會的。

陳雪雖然專注寫女同性戀，然而女性的同性情欲，在她小說裡卻缺乏理直氣壯存在的合法性。她會習慣性地把同性戀寫成是變母情結的虛構投射（〈尋找天使遺失的翅膀〉），或是自戀水仙情蹤的變幻化身（〈夜的迷宮〉）。寫了一整本的女同性戀，弔詭地，陳雪竟是在否認女同性戀情欲的實質自身（lesbianism per se）。

陳雪還喜歡營造遠離自身生活世界的異質空間，讓女同性戀故事在神祕的遠方搬演。最清楚的例子當然就是〈異色之屋〉，陳雪借用了中南美洲的魔幻寫實陳例，再加上一點點莫言、韓少功式的中國鄉野氣息，製造了一個「異界」（exotic place）。不僅在土所上強調其「異」，甚至在精神境界上也要刻劃其「異」，幾乎每位敘述者都有介乎理性與瘋狂間的詭奇經驗，在〈夜的迷宮〉裡，陳雪更索性讓敘述者擁有一段被關進精神病院的經歷。

為什麼必須讓女同性戀情欲遠離日常境界？陳雪如此強烈的異質逃避（escape by way of exoticism），反映的難道不正是社會規約的龐大陰影？

4

《惡女書》把女同性戀者塑造成這個世紀末的「變態的偶像」。從文學的角度看，陳雪能把女同性戀的失落、退縮、恐慌寫得如此淋漓盡至，當然是值得給予肯定、給予掌聲的。然而從社會面看，我們卻不得不深深感覺到隱憂。

將對女同性戀的歧視、反對，內化成為女同性戀者自身的罪惡感，這一方面掉入了舊有的道德窠臼裡，另一方面更是阻擋了對於女性情欲更廣泛的瞭解途徑。

女同性戀者其實何惡之有？女性的情欲何惡之有？真正惡的是許多責累的非理社會控

制。想要躲開社會控制的實況，只在角落裡營造自己的虛幻意識世界，一定會敗壞、斲傷文學作者的創造力的。

陳雪絕對是個具有豐厚創造潛力的作者，我們不希望她躲避這個社會，畢竟所謂的「創造」，正是在突破既有成規中才能凸顯、對照出來的。

《惡女書》何惡之有？希望在陳雪的下一本小說集看到更理直氣壯面對社會的作者與角色。

一九九五年八月於台北外雙溪

尋找天使遺失的翅膀

當我第一眼看見阿蘇的時候，就確定，她和我是同一類的。

我們都是遺失了翅膀的天使，眼睛仰望著只有飛翔才能到達的高度，赤足走在炙熱堅硬的土地上，卻失去了人類該有的方向。

●

黑暗的房間裡，街燈從窗玻璃灑進些許光亮，阿蘇赤裸的身體微微發光，她將手臂搭在我肩上，低頭看著我，比我高出一個頭的地方有雙發亮的眼睛，燃燒著兩股跳躍不定的火光……

「草草，我對你有著無可救藥的欲望，你的身體裡到底隱藏著什麼樣的祕密？我想知道你，品嘗你，進入你……」

阿蘇低沉暗啞的聲音緩緩傳進我的耳朵，我不自禁地暈眩起來……她開始一顆顆解開我的釦子，脫掉我的襯衫、胸罩、短裙，然後我的內褲像一面白色旗子，在她的手指尖端輕輕飄揚。

我赤裸著，與她非常接近，這一切，在我初見她的剎那已經注定。

她輕易就將我抱起，我的眼睛正對著她突起的乳頭，真是一對美麗得令人慚愧的乳房，在她面前，我就像尚未發育的小女孩，這樣微不足道的我，有什麼祕密可言？

躺在阿蘇柔軟的大床上，她的雙手在我身上摸索、游移，像唸咒一般喃喃自語。

「這是草草的乳房。

「這是草草的鼻子。」

……

從眼睛鼻子嘴巴頸子一路滑下，她的手指像仙女的魔棒，觸摸過的地方都會引發一陣歡愉的顫慄。

「草草的乳房。」

手指停在乳頭上輕輕劃圈，微微的顫慄之後，一股溫潤的潮水襲來，是阿蘇的嘴唇，溫柔的吸吮著。

最後，她拂開我下體叢生的陰毛，一層層剝開我的陰部，一步步，接近我生命的核心。

「有眼淚的味道。」

阿蘇吸吮我的陰部我的眼淚就掉下來，在眼淚的鹹濕中達到前所未有的高潮，彷彿高燒時的夢魘，在狂熱中昏迷，在昏迷中尖叫，在尖叫中漸漸粉碎。

我似乎感覺到，她正狂妄地進入我的體內，猛烈的撞擊我的生命，甚至想拆散我的每一根骨頭，是的，正是她，即使她是個女人，沒有會勃起會射精的陰莖，但她可以深深進入我的最內裡，達到任何陰莖都無法觸及的深度。

●

我總是夢見母親，在我完全逃離她之後。

那是豪華飯店裡的一間大套房，她那頭染成紅褐色的長髮又蓬又捲，描黑了眼線的眼睛野野亮亮的，幾個和她一樣冶豔的女人，化著濃妝，只穿胸罩內褲在房裡走來走去、吃東西、抽菸，扯著尖嗓子聊天。

我坐在柔軟的大圓床上，抱著枕頭，死命地啃指甲，眼睛只敢看著自己腳上的白短襪。一年多不見的母親，這究竟是怎麼回事？她原本是一頭濃密的黑色長髮，和一雙細長的單眼皮眼睛啊！鼻子還是那麼高挺，右眼旁米粒大的黑痣我還認得，但是，這個女人看來是如此陌生，她身上濃重的香水味和紅褐色的頭髮弄得我好想哭！

「草草乖，媽媽有事要忙，你自己到樓下餐廳吃牛排、看電影，玩一玩再上來找媽媽好不好？」

她揉揉我頭髮幫我把辮子重新紮好，塞了五百塊給我。

我茫然地走出來，在電梯門口撞到一個男人。

「妹妹好可愛啊！走路要小心。」

那是個很高大、穿著西裝的男人。我看見他打開母親的房門，碰一聲關上門，門內，響起她的笑聲。

我沒有去吃牛排看電影，坐在回家的火車上只是不停地掉眼淚，我緊緊握著手裡的鈔票，耳朵裡充滿了她的笑聲，我看著窗外往後飛逝的景物……就知道，我的童年已經結束了。

那年，我十二歲。

完全逃離她之後，我總是夢見她。一次又一次，在夢中，火車總是到不了站，我的眼淚從車窗向外飛濺，像一聲嘆息，天上的雲火紅滾燙，是她的紅頭髮。

●

「你的雙腿之間有一個神祕的谷地，極度敏感，容易顫慄，善於汩汩地湧出泉水，那兒，有我極欲探索的祕密。

「親愛的草草，我想讓你快樂，我想知道女人是如何從這裡得到快樂的？」阿蘇把手伸進我的內褲裡搓揉著，手持著菸，瞇著眼睛朝著正在寫稿的我微笑。我的筆幾乎握不穩了。

從前，我一直認爲母親是個邪惡又淫穢的女人，我恨她，恨她讓我在失去父親之後，竟又失去了對母親的敬愛，恨她在我最徬徨無依時翻臉變成一個陌生人。恨她即使在我如此恨她時依然溫柔待我，一如往昔。

遇見阿蘇之後我才知道什麼叫做淫穢與邪惡，那竟是我想望已久的東西，而我母親從來都不是。

阿蘇就是我內心欲望的化身，是我的夢想，她所代表的世界是我生命中快樂和痛苦的根源，那是育孕我的子宮，脫離臍帶之後我曾唾棄它、詛咒它，然而死亡之後它卻是安葬我的墳墓。

●

「我寫作，因爲我想要愛。」

我一直感覺到自己體內隱藏著一個封閉了的自我，是什麼力量使它封閉的？我不知道；它究竟是何種面目？我不知道；我所隱約察覺的是在重重封鎖下，它不安的騷動，以及在我扭曲變形的夢境裡，在我脆弱時的囈語中，在深夜裡不可抑制的痛苦下，呈現的那個孤寂而渴愛的自己。

我想要愛，但我知道在我找回自己之前我只是個愛無能的人。

於是我寫作，企圖透過寫作來挖掘潛藏的自我。我寫作，像手淫般寫作，像發狂般寫作，在寫完之後猶如射精般將它們一一撕毀，在毀滅中得到性交時不可能的高潮。

第一篇沒有被我撕毀的小說是〈尋找天使遺失的翅膀〉，阿蘇比我快一步搶下它，那時只寫了一半，我覺得無以爲繼，她卻連夜將它讀完，讀完後狂烈地與我做愛。

「草草，寫完它，並且給它一個活命的機會。」

阿蘇將筆放進我的手裡，把赤裸著的我抱起，輕輕放在桌前的椅子上。

「不要害怕自己的天才，因爲這是你的命運。」

我看見戴著魔鬼面具的天才，危危顫顫地自污穢的泥濘中爬起，努力伸長枯槁的雙臂，歪斜地朝向一格格文字的長梯，向前，向前，又向前……

●

曾經，我翻覆在無數個男人的懷抱中。

十七歲那年，我從一個大我十歲的男人身上懂得了性交，我毫不猶豫就讓他插入雙腿之間，雖然產生了難以形容的痛楚，但是，當我看見床單上的一片殷紅，剎那間心中萌生了強烈的快感，一種報復的痛快，對於母親所給予我種種矛盾的痛苦，我終於可以不再哭泣。

不是處女之後，我被釋放了，我翻覆在無數個男人的懷抱中以爲可以就此找到報復她的方法……

我身穿所有年輕女孩渴望的綠色高中制服，蓄著齊耳短髮，繼承自母親的美貌，雖不似她那樣高眺，我單薄瘦小的身材卻顯得更加動人。

旁人眼中的我是如此清新美好，喜愛我的男人總說我像個晶瑩剔透的天使，輕易的就攫獲了他們的心。

天使？天知道我是如何痛恨自己這個虛假不實的外貌，和所有酷似她的特徵。

我的同學們是那樣年輕單純，而我在十二歲那年就已經老了。

「天啊！你怎麼能夠這樣無動於衷？」

那個教會我性交的男人在射精後這樣說。

他再一次粗魯的插入我，狠狠咬嚙我小小的乳頭，發狂似的撞擊我，搖晃我。他大聲叫罵我或者哀求我，最後伏在我胸口哭泣起來，猶如一個手足無措的孩子。

「魔鬼啊！我竟會這樣愛你！」

他親吻著我紅腫不堪的陰部，發誓他再也不會折磨我傷害我。

我知道其實是我在傷害他折磨他，後來他成了一個無能者，他說我的陰道裡有一把剪刀，剪斷了他的陰莖，埋葬了他的愛情。

剪刀？是的，我的陰道裡有一把剪刀，心裡也有！它剪斷了我與世上其他人的聯繫，任何人接近我，都會鮮血淋漓。

●

記不得第一次到那家酒吧是什麼時候的事了？總之，是在某個窮極無聊的夜晚，不分青紅皂白闖進一家酒吧，意外地發現他調的「血腥瑪麗」非常好喝，店裡老是播放年代久遠的爵士樂，客人總是零零星星的，而且誰也不理誰，自顧自的喝酒抽菸，沒有人會走過來問你：「小姐要不要跳支舞……」當然也是因爲這兒根本沒有舞池。

就這樣，白天我抱著書本出入在文學院，像個尋常的大學三年級女生，晚上則浸泡在酒吧裡，喝著他調的血腥瑪麗、抽菸、不停地寫著注定會被我撕毀的小說。他的名字叫FK，吧檯的調酒師，長了一張看不出年紀的白淨長臉，手的形狀非常漂亮，愛撫人的時候像彈鋼琴一樣細膩靈活……

後來我偶爾會跟他回到那個像貓窩一樣乾淨的小公寓，喝著不用付錢的酒，聽他彈著會讓人骨頭都酥軟掉的鋼琴，然後躺在會吱吱亂叫的彈簧床上懶洋洋地和他做愛。他那雙好看的手在我身上彈不出音樂，但他仍然調好喝的血腥瑪麗給我喝，仍然像鐘點保母一樣，照顧我每個失眠發狂的夜晚。

「草草，你不是沒有熱情，你只是沒有愛我而已。」

FK是少數沒有因此憤怒或失望的男人。

看見阿蘇那晚，我喝了六杯血腥瑪麗。

她一推開進來，整個酒吧的空氣便四下竄動起來，連FK搖調酒器的節奏都亂了……

我抬頭看她，只看見她背對著我，正在吧檯和FK說話，突然回頭，目光朝我迎面撞來，紅褐色長髮抖動成一大片紅色浪花……

我身上就泛起一粒粒紅褐色的疙瘩。

我一杯又一杯的喝著血腥瑪麗，在血紅色酒液中看見她向我招手；我感覺她那雙描黑了眼線亮亮野野的眼睛正似笑非笑地瞅著我，我感覺她那低胸緊身黑色禮服裡包裹的身體幾乎要爆裂出來，我感覺她那低沉喑啞的聲音正在我耳畔呢喃著淫穢色情的話語……恍惚中，我發現自己的內褲都濡濕了。點燃我熾烈情欲的，竟是一個女人。

她是如此酷似我記憶中不可觸碰的部分，在她目光的凝視下，我彷彿回到了子宮，那樣潮濕、溫暖，並且聽見血脈僨張的聲音。

我一頭撞進酒杯裡，企圖親吻她的嘴唇。

在暈眩昏迷中，我聞到血腥瑪麗自胃部反嘔到嘴裡的氣味，看見她一步一步朝我走近……一股腥羶的體味襲來，有個高大豐滿多肉的身體包裹著我、淹沒了我……

●

睜開眼睛首先聞到的就是一股腥羶的體味，這是我所聞過最色情的味道。

頭痛欲裂。我努力睜開酸澀不堪的眼睛，發現自己躺在一張大得離譜的圓床上，陽光自落地窗灑進屋裡，明亮溫暖。我勉強坐起身，四下巡視，這是間十多坪的大房間，紅黑白三色交錯的家具擺飾，簡單而醒目，只有我一個人置身其中，像一個色彩奇詭瑰麗的夢。

我清楚的知道這是她的住處，一定是！我身上的衣服還是昨晚的穿著，但，除了頭痛，我不記得自己如何來到這裡？

突然，漆成紅色的房門打開了，我終於看見她向我走來，臉上脂粉未施，穿著T恤牛仔褲，比我想像中更加美麗。

「我叫阿蘇。」

「我叫草草。」

來了！

●

當我第一次聞到精液的味道我就知道，這一生，我將永遠無法從男人身上得到快感。

剛搬去和母親同住時，經常，我看見陌生男人走進她房裡，又走出來。一次，男人走後，我推開她的房間，看見床上零亂的被褥，聽見浴室傳來嘩嘩的水聲，是她在洗澡，我走近床邊那個塞滿衛生紙的垃圾桶，一陣腥羶的氣味傳來……那是精液混合了體液的味道，我知道！

我跑回房間，狂吐不止。

爲什麼我仍要推開她的房門？我不懂自己想證明什麼早已知道的事？我彷彿只是刻意的、拚命的要記住，記住母親與男人之間的曖昧，以便在生命中與它長期對抗。

那時我十三歲，月經剛來，卻已懂得太多年輕女孩不該懂的，除了國中健教課上的性知識以外，屬於罪惡和仇恨的事。

對於過去的一切，我總是無法編年記述，我的回憶零碎而片段，事實在幻想與夢境中扭曲變形，在羞恥和恨意中模糊空白，即使我努力追溯，仍拼湊不出完整的情節……

所有混亂的源頭是在十歲那年，我記得。十歲，就像一道斬釘截鐵的界線，線的右端，我是個平凡家庭中平凡的孩子，線的左端，我讓自己成了恐懼和仇恨的奴隸。

那年，年輕的父親在下班回家的途中出了車禍，司機逃之夭夭而父親倒在血泊中昏迷不知多久。母親東奔西走不惜一切發誓要醫好他，半個月過去，他仍在母親及爺爺的痛哭聲中撒手而逝。

一個月後，母親便失蹤了。

我住在鄉下的爺爺家，變成一個無法說話的孩子，面對老邁的爺爺，面對他臉上縱橫的涕淚，我無法言語，也不會哭泣。

我好害怕，害怕一開口這個惡夢就會成眞，我情願忍受各種痛苦只求睜開眼睛便發現一切不過是場可怕的夢，天一亮，所有悲痛都會隨著黑夜消逝。

我沒有說話，日復一日天明，而一切還是眞的，早上醒來陽光依舊耀眼，但我面前只有逐漸衰老的爺爺，黑白遺照上的父親，和在村人口中謠傳紛紜、下落不明的母親。

「阿蘇，爲什麼我無法單純的只是愛她或恨她？爲什麼我不給她活下去的機會？」

我吸吮著阿蘇的乳房，想念著自己曾經擁有的嬰兒時期，想念著我那從不曾年老的母親身上同樣美麗的乳房，想著我一落地就夭折的愛情……不自覺痛哭起來……

●

一開始我就知道，阿蘇是靠著男人對她的欲望營生的。她周遊在男人貪婪的目光中滋養她的美麗與驕傲，誰也無法掌握她。

那晚她從酒吧把醉得一塌糊塗的我撿回去，她說我又哭又笑還吐了她一身。醒來後我在床上呆坐許久，而後她推開門走進來。

「我叫阿蘇，你以後就住在這兒吧！

「我一眼就看出你是個沒有家的幽靈。」

是的阿蘇我沒有家，母親爲我買下的公寓是個空洞的巢穴；房租昂貴，學校旁邊三坪大的地下室裡住的只是我的書本和軀殼；像FK這樣的男人，他們各式各樣的房子不過是我的港口，我帶著天使般的容顏在世上飄來蕩去恍如一隻孤魂，我尋求的其實是一個墳墓，用以安放我墮落虛空的靈魂。

而阿蘇那個經常穿梭著不同男人的大房子卻讓我想到了家，那兒到處充滿了阿蘇腥羶的體味讓我覺得好安全。

我就這樣走進了她奇詭瑰麗的世界。白天搭她的積架去上課；晚上陪她參加一個個富商豪紳的酒會；夜裡醒來發現報上知名的建築師赤裸地仰臥在我與阿蘇之間，萎縮的陰莖猶如猥瑣的糟老頭……和她比起來，我母親算得上什麼淫穢與邪惡呢？

阿蘇所擁有的武器，除了美貌、聰明冷酷的手腕之外，最重要的是她的敗德與無情，對男人絕對的無信無情，使她在所有的逐獵之中永遠是個贏家。

而我可憐的母親所擁有的，只是一張零亂的床鋪，和一顆哀傷絕望的心。

那些口袋塞滿鈔票的男人渴望獵取阿蘇的肉體，阿蘇渴望喚醒我已死寂的愛情，我所渴望的呢？

是死亡，在母親死後心甘情願做她的陪葬。

●

我坐在酒吧的吧檯上寫稿，ＦＫ今天調的血腥瑪麗酸得像胃液一樣，簡直難以下嚥。和阿蘇在一起之後，我第一次回到這裡。

「ＦＫ，你很反常喔！血腥瑪麗調得像馬尿一樣。」

抬起頭一看，才發現ＦＫ變得如此虛弱蒼老。

「認識阿蘇兩年多，沒見過她用那種眼神看人。

「草草，她愛上你了。」

ＦＫ在我身邊坐下，一口喝掉半杯伏特加。

「起初我只是想要她的身體，那也不容易，花了很多心思很多錢，等她那天高興了才可以上床，當然比我更慘的人也有，大把鈔票丟進去，咚一聲就沒有了，連手指頭都別想摸一下。

「做過愛之後我躺在她身邊好想擁抱她，她推開我的手站起來，低下頭看我，微微笑著，然後唸起波特萊爾的詩……

「草草，那時我就知道自己完蛋了，我想要的不只是射精在她體內而已，我居然，居然愛上她了。

「她說：別浪費錢了，沒有用的。

「是的，沒有用的！我一直以爲她是個冷血動物，現在我才知道，原來她愛的是女人！我永遠也沒有希望了……」

看見ＦＫ臉上流露出我不曾見過的哀傷，阿蘇愛上我了？我知道，但是，又怎樣呢？又怎樣呢？想起我們三個人之間微妙的關連，一切顯得如此荒謬，ＦＫ那雙好看的手在阿蘇身上彈得出音樂嗎？

阿蘇，你愛的是女人，那麼，你愛你的母親嗎？你會因對她不明確的愛與恨而痛苦不已嗎？

●

上國中之後母親要求接我同住，我因此上了一所明星國中。

無論搬到那兒，飯店、賓館、廉價公寓，或者豪華別墅，我總有屬於自己的房間，和用不完的零用錢。我沒有朋友，只有滿屋子的書籍唱片，和沉默寡言的自己。

我們很少交談，她和幾個多年要好的姊妹，經常夜裡喝得醉醺醺回來，一群漂亮時髦的女人手裡拎著高跟鞋在馬路上又哭又笑。

夜裡驚醒過來，發現她坐在床尾流淚，我趕緊繼續裝睡，卻再也無法入睡……早上在學校裡瞌睡一整天，回來看見她還是冷眼相向。

我對她的心在十二歲那年就死了，無論如何努力，也只是使我們更加痛苦而已。我一方面要對抗聯考的壓力，一方面還要抗拒她的關愛，正值青春期的我，被剛萌生的情欲折磨得不成人形……

終於，我考上第一志願的高中，可以理所當然的搬離她的生活圈。她看著我的入學通知，露出了難得的燦爛微笑，隔天，她買了一整套志文出版的翻譯小說給我，一本本深藍色封面像海水一樣翻滾在我眼前……

「別老是躺在床上看書，眼睛會弄壞。」

她把書本一一擺上書架，說話的時候並沒有看我，我也拿起書，卻遲遲無法放進其實並不高的架子裡……

許久以來，我第一次落淚，在她的背後，無聲的，淚水一滴滴落在書頁上……是卡繆的，異鄉人。

我搬到學校附近專門租給學生的公寓，開始了我與男人之間的種種遊戲，像一株染了病的花，開到最盛最璀璨時，花心已經腐爛了。

●

「草草我愛你，雖然我知道你需要的其實不是我的愛，然而我愛你，如果不能愛你我的生命就無法完整。」

我頹然倒臥在散落一地的稿紙中，因自己虛弱的敘述能力而哀號著，阿蘇伸手托起我的下巴，散亂劉海下的眼神好空洞，像個巨大的黑洞要將我吞蝕讓我好驚惶，她愛人時的表情就是這樣嗎？

我將她擁入懷中，不停地吻她，愛撫她。

阿蘇我不懂，我不懂自己有什麼值得人愛的地方，我不懂你愛我的方式，我更不懂爲什麼愛我的女人總是把自己浪擲在男人的欲望中，面對我時卻一點一點逐漸空洞蒼老？如果我們誰也不愛誰只是使勁的做愛，日子會不會快樂一點？

我不懂愛情，我只知道我那在男人懷抱裡冰冷麻木的身體，在阿蘇的愛撫中就復活了，火熱地燃燒起來，變得那樣敏感、狂野，彷彿全身的毛孔都張開大口呼吸，任何細微的觸動都可以令我顫慄狂呼。

「阿蘇，我要你，雖然我還不能愛人，但是我要你，你是我生命中等待已久的那個女人，透過你，我才重逢了自己。」

●

我眞的記不清了，關於母親的種種。

高中的時候，我奔波在學校與男人之間，功課始終保持在頂尖的狀態，男朋友一個換過一個，普通高中生困擾的東西我都能輕易克服，但我眞正想要的東西卻一件也得不到。靠著母親送我的小說支撐我度過崩潰的邊緣，在輾轉不能成眠的夜晚，我甚至邊讀卡夫卡一邊手淫。

每個月沒有月亮的晚上和母親吃晚餐，在燈光柔和放著輕音樂的餐廳，面對面，各自抽著菸，沉默著，或者說一些不相干的無聊話……

不知是牛排的黑胡椒太多，或是煙霧的刺激？我看見她的眼睛濡濕著，眼眶下面微微發青，濃妝之下的皮膚爬滿細碎的皺紋，笑起來，像摔倒在滿是泥濘的地面上，一身狼狽尷尬……

夜裡電話偶爾響起，電話那頭的她哽咽著，酒精的氣味自話筒傳出，熏得我頭好痛。

我知道，我們的生命都已走到盡頭，雖然只要伸出手，就可以挽救彼此於絕望的邊緣，然而，我們終究沒有伸手相援，或者，我們都已經使盡全力伸長手臂，最後，還是錯失了彼此的方向？

我一直都無法回頭。

直到，遇見了阿蘇。

她是如此酷似我的母親，以致我每每與她做愛之後，夢中就會出現我已經拋卻或遺忘的往事，一樁一件，清晰地在我的記憶中重組，我沉醉在阿蘇淫蕩的笑聲中無意間發現自己對母親的誤解。

一步一步，逐漸逼近母親赤裸的心靈，才知道自己一向是如此殘酷不公地對待她。是我，是我的自私和懦弱將我們雙雙逼進了痛苦的深淵……

●

我想起來了。母親，我漸漸想起你卸妝後的面容，哭泣後腫脹的眼皮瞇成細縫，和我童年時依戀的你，完全一樣！

考上大學那個暑假，我在一家西餐廳打工，開始留長頭髮，學會開車。

九月中旬，有天晚上下班，發現母親坐在餐廳前的一輛迷你奧斯汀裡，高挑的身材和矮小的車身顯得那樣格格不入。我坐上車，看見她脂粉未施，一身素白，專注地開著車，不知在黑暗中要奔向何處？

我們來到父親的墓地。第一次，父親下葬後我第一次與她來到這裡。

夜晚的墓地是如此安詳寧靜，高大的芒草中穿梭著點點螢火，銀白的月光下，白衫白裙的她悠悠穿過芒草，彷彿一個美麗的女鬼，離地飄浮。

「這是草草，我們的孩子，很美吧！像你一樣聰明。

「她沒有辜負你，考上了大學，我們終於等她長大了。

「而我是這樣想念你……」

夜風習習，她的聲音清清亮亮，輕快的，像小學生放學回家一路上哼唱的歌聲。

我看見墓碑上刻著父親的名字，土堆上長滿的雜草猶如他雜亂的頭髮，我已經遺忘的父親忽然來到我眼前，騎著老舊的腳踏車，戴著黑框眼鏡，離家門老遠就大聲喊著：

「草草，爸爸回來了！」

他還是那樣年輕。

我轉頭看著母親，發現她剪短了頭髮，笑意盈盈的臉蛋變得好孩子氣，蹲在地上，雙手輕輕撫摸著石碑猶如愛撫著她心愛男人的胸膛，臉上洋溢著幸福的表情……

那一刻我突然好想緊緊抱著她，大聲告訴她我愛她，其實我一直都愛她，無論她做過什麼都不會改變我對她的愛。

然而我並沒有，雖然我的心沸騰著，但我全身卻像石塊一般僵硬，動彈不得……一切，都太遲了……

我不知道如果當時我能勇敢地擁抱她，讓她知道我心裡眞正的感受，會不會改變她的決定？我想不會，事情不會在那時候改變，那時的我不過是一時激動，其實我還沒有眞正原諒她，也沒有原諒自己。

她於三天後自殺。赤裸的身體飄浮在放滿水的浴缸，自她的右手腕上汩汩湧出一道血紅的溪流。

我失去了她，得到一筆數目不小的存款，一層三十多坪的公寓，以及那輛迷你奧斯汀。

上大學後我成爲一個沒有過去的人，成天在酒精中載浮載沉，並且開始瘋狂地寫作。

●

阿蘇一直是個謎。我們的相處就像一場夢，不是隨著她穿梭在各種光怪陸離的場合，便是在她的房子裡不停地喝酒、抽菸、隨處翻滾做愛、談笑，或是呢喃著片段的詞語，阿蘇不在的時候我不是拚命寫作，就是沉湎在拼湊回憶的白日夢裡。沒有任何正常、具體的細節足以組織我們生活的面貌，我們從不干涉或詢問對方的隱私，以致我們對彼此的全名、背景和過去都一無所知。

「最愚蠢的事莫過於要別人完全而徹底的明白。」

阿蘇的座右銘。

她一直是個謎，至於謎底是什麼並不重要，我從不曾費力去探索別人的祕密，我在乎的是其中代表的涵義。

我隱約覺察到有某個東西在某處等待著我，等我向它走近，然後，我就會明白。許多年我一直苦苦找尋，卻始終徒勞無功，直到阿蘇出現，她的出現是指引我的指標。我究竟在尋找什麼？會明白什麼呢？我不知道。

「我們需要的是一雙翅膀，只要找到它就可以重新自由地飛翔。」

開始的時候，阿蘇曾經這樣說。於是我著手寫了一篇名叫〈尋找天使遺失的翅膀〉的小說，如今，小說已接近尾聲，阿蘇，我們的翅膀呢？

「草草，只要你不停的寫作，你就會在稿紙中看見我，看見自己。

「我所做的一切都是為了向你揭示這件事，寫作，永不停止的寫下去，除此之外別無選擇，這是你的命運。當我初見你的剎那，就看見你臉上有著寫作者那種狂熱的表情。

「是那種狂熱將我帶進你的生命中。」

「寫作，阿蘇我知道我必須寫作，但，關於我們已經遺失的翅膀呢？」

那天夜裡，我們最後一次的交談。

「在某個地方。」

她緊握住我的手，手心微微冒汗，微微顫抖。

我做了關於阿蘇的夢。

夢中，我們在空中飄浮，周圍被一層像冰塊般的透明物件包裹著，四處游移，我們身上著了火，就著熊熊烈火盡情翻滾，恣意做愛。生命對我們而言是如此輕盈，在旁人眼中我們不過是一陣煙塵，誰也不會在意。

突然，阿蘇鬆開我的手，飛了出去，我眼睜睜看著她翩翩飛起，愈飛愈高遠，我卻無法掙脫束縛，反而感覺到周遭的壓力更加沉重……

「阿蘇！救我！」

我大叫著醒來，只記得阿蘇從空中拋出一句話。

「草草，一切都得靠你自己了。」

●

醒來後發現自己置身於從前住的地下室裡。

書桌上散亂著寫滿字的稿紙，標題是「尋找天使遺失的翅膀」，最後一張寫著大大的兩個字：THE END。

小說已經寫完了！阿蘇，你看，小說已經寫完了，我大叫著，阿蘇呢？爲什麼我回到原來的地方，阿蘇卻不見人影？小說裡明明白白寫著的，阿蘇究竟去了那裡？

我收拾好稿子，決定去找她。

走出門外，外頭陽光亮得好刺眼，我呆立在十字路口，車子一輛輛自我面前飛逝，紅燈亮完綠燈亮，綠燈亮完黃燈亮，我注視著眼前來來往往的人群，眼淚突然滑落。

想不起來，我竟然完全想不起阿蘇住在什麼地方？一個線索都沒有，什麼路，幾號、幾樓，完全不知道！我努力搜尋小說裡每一個細節，沒有，都沒有！連她究竟叫什麼都不知道！

這是怎麼回事？

我想起FK，他一定知道阿蘇在那裡！

「阿蘇？誰是阿蘇啊！漂亮的女人我一定不會忘記，可是沒有一個叫阿蘇的啊！」

FK的頭像波浪鼓似的搖晃著。

「沒有沒有，沒有什麼阿蘇，草草你是不是喝醉了？」

我失去她了！我緊抱著稿子，茫然地在街道上晃蕩，我身上還殘餘著阿蘇腥羶的體味，那樣色情的味道，我怎麼會弄錯了呢？

入夜後我回到自己的住處，癱瘓在床上，思索著關於阿蘇的一切。

「我叫阿蘇。」

我仍清楚地記得阿蘇說話的聲音。低低啞啞的聲音，笑起來狂妄而響亮，我們走在路上時，所有的男人都在看她，而她的眼睛只注視著我，從頭到腳反覆打量我，彷彿用目光將我的衣服一件一件剝光，看得我臉紅心跳，手足無措。

「草草，你怎麼能夠這麼美？我看見你內褲就濕透了。」

她低頭附在我耳邊低聲地說，還輕輕咬了我的耳垂。

我仍記得阿蘇喜歡伏在我的小腹上，手指撫弄著我的陰部，邊愛撫我邊唱歌。

「小羊兒乖乖，把門兒開開，

「快點兒開開，我要進來。」

我強忍著呻吟，顫抖著把歌接下去。

「不開不開不能開，

「你是大野狼，不讓你進來。」

我們就大笑著在床上翻滾，滾到地板上，發狂似地做愛直到精疲力竭爲止。

我記得，阿蘇第一次看我的小說，看完之後捧起我的臉，端詳了許久許久，深長地嘆了口氣。

「唉！

「草草，你眞是令人瘋狂。」

我不是什麼都記得嗎？阿蘇，我的小說是爲你而寫的，但你到那兒去了？

●

不知過了多少天？白天我總在街道上漫遊，在每一個人身上尋找阿蘇的影子，夜裡則在床上反覆地溫習阿蘇的氣息。

然而，漸漸地，我的記憶開始模糊，我幾乎無法確定她是眞正存在過，或者只是一場夢？

「在某個地方。」

我想起阿蘇說的，在某個地方，答案一定在那兒。

在什麼地方呢？

我必須找到它。我跳上公車、我坐上火車，甚至，我可能搭上飛機。我不知道自己用了什麼方法，但我知道有個聲音在呼喚我，我正逐漸逼近它。

赫然我發現自己來到一座墳場。

墳墓？原來我尋找的是一個墳墓。

我父親的墳墓旁立著另一座墳，我走近它，矗立在地面上的大理石墓碑刻著幾個字：

「蘇青玉……」

蘇青玉，那是我母親的名字。

母親，我回來了，逃離你多年之後我終於回來了。

我倒臥在母親的墓前宛如蜷縮在她的子宮，我喃喃地敘述著不曾對她表露的情意，彷彿牙牙學語般艱澀吃力。在長期飄浮遊蕩之後，我第一次感到土地的堅實可靠，我終於可以清楚的分辨我對母親的感情。

「我愛你，千眞萬確。」

依稀聽見阿蘇的笑聲自天際響起……抬起頭，我看見天上的雲朵漸漸攏聚成一個熟悉的形狀，左右搖擺，搖擺著……

是一雙翅膀。

異色之屋

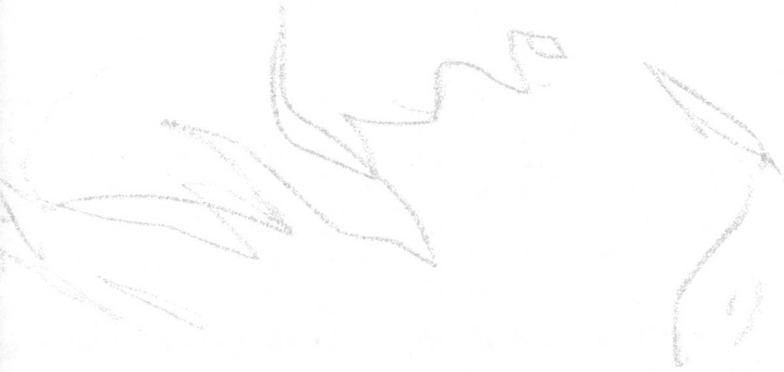

●

孩子自遠處走來，瘦小的身影緩緩穿越竹板窄橋，沿著開滿紫色小花的河岸走，然後斜斜踱過碎石密布的路面，到達矮矮的竹籬，孩子停在竹籬前，凝望著籬內的小屋，只是停著，側耳傾聽屋中傳出的聲息……

一陣風吹來，迎面飄來飯菜香味，之後悠揚的歌聲輕貼在風面上，滑過孩子的耳朵。是孩子熟悉的，這村莊許多男人聽見那歌聲餘韻，便要失眠一整夜。

孩子微笑著推開竹籬，慢慢抬起左腳，跨向那屋子。

那屋子。

●

「爲什麼呢？」

陶陶抬起頭來問我。小小的臉孔在日光燈下顯得如此清澈，兩頰散布些許淺褐色雀斑，像星子。

我好想吻她。

「爲什麼明天再告訴你。」

我俯身貼近她，她赤裸的身體隨意攤放在床面，金黃色細長的四肢極自然地伸展開，我凝視著她，許久許久，難以相信這是兩個星期前才初見的女孩，如今她像一株繁殖力極強的植物，瞬間蔓延擴張，占滿了這屋子。

我的城邦。

這原是極度荒蕪、陰鬱，充斥著幽靈鬼魅的，我私有的城，這經歷過無數個女人卻依然死寂的地域，我努力種植自己、繁衍情欲、販賣故事，只求捍衛此一領土，而今，我再度跌回過去。

那屋子。

「給我。」

章魚般蔓生的雙手，她攫獲了我。

不知多少次交歡後仍令我癲狂的她，微張的嘴濕潤地穿梭於我的身體，下體氾濫大量的體液讓我口渴不已，每一根陰毛都在飛舞，舞得我頭昏眼花，幻影叢生。

過度的熱情幾乎燒毀了我。

她走進我陰道的迷宮裡，奔跑著、跳躍著，完全不在乎出口，她要的只是過程。

高潮。

比高潮更高的，

接近死亡。

我在她的笑聲中重回這世界。

陶陶狂笑著，興奮地拉起我走到穿衣鏡前。鏡中波光粼粼，都是微笑。

「看！」

我們身上像蓋圖章似地印滿密麻麻的齒痕。

每次高潮就在身上咬下一個齒痕喔！我們曾約定。

那都是快樂的記號。

我的城邦，只住宅著女子。從來如此。

●

我說故事寫故事，

我販賣夢想。

我今年四十歲我吸菸酗酒，自慰慰人。

我製造色情小說媚惑雄性動物，賺取鈔票。

我編派嚴肅文學取悅知識份子，詐名聲。

我其實我，什麼都不是只是間肉欲橫流的屋子裡鎮日口角涎沫囁嚅自語的，一張床。

我說謊。

●

孩子有記憶以來只記憶著兩個女人，那是她全部的世界。

什麼樣的女人在那片灰濛濛的大地上綻放出血紅肥美的花朵？那矮小結實沉默固執，赤足在泥地裡箭步如飛，在市場兜售糕餅伶牙俐齒，又能疾聲厲色喝走鄰家男人偷窺的，是大姨，孩子畏她愛她，仰望她。

鎮日頂著五分短髮黑布衣褲在廚房內製作糕餅，教孩子捏塑小泥人擺在櫃上演娃娃戲，卻讓窗口圍繞盤旋的男人們眼中噴出火來，叫村莊的婦人們恨之入骨，私下又盛行起短髮黑衣打扮想招回她們的男人。她身上終年發散出奇異體香沾染了每一只糕餅，吃下的人夜裡春夢連連，需要狂飲大量茶水才不知昏厥死去。

是小姨。

村人們製造出一則則傳言邪說來形容那屋子。說大姨夜裡翻山越嶺奔跑不休，永不需要睡眠，說小姨專吸童男精血以維繫她絕世的美貌。……

說那孩子，是女人們自孕婦身上硬生生挖刨而出的，命帶災星，定活不過十三歲……如此云云……

孩子眷戀這如精怪的二人，癡心地相信她是她們的孩子，是小姨說的，自她雪白如蓮的胸脯中迸出的小精靈。

村莊裡如粉蝶四散紛飛的謠傳飄進孩子心裡，孩子用力吞嚥口水融化了它。

那屋子，甜蜜溫暖，鬼影幢幢，她們三人的城。

那是遙遙遠遠的事了。

●

「我要租房子。」

睡夢中被急促的門鈴吵醒，打開門正想破口大罵，在惺忪中看見她，倏地驚醒。

「沒有房子出租……」

我說。這房子雖大，只容得下同類。

「但我需要一個住處。」

她切切地說，聲音溫潤柔軟，帶有山谷的回響。

「至少讓我住一夜，外頭，雨好大……」

極美麗的女孩，美得讓我這殘破的身軀負荷不起。我一望即知這是隻青春暴戾的獸，令人恍惚。

她一身雨濕過的狼狽，澄澄發亮的肌膚，黑黝黝剪壞了的拙劣短髮，穿著有男人汗酸味的襯衫牛仔短褲……一隻剛從陷阱裡逃出拖著受傷後腿的獸……

我牽起她的手，涼而濕，掌心薄脆，一捏即碎，她任由我握著，恣意甩甩頭髮上的水珠，隨我進屋。

「好美的屋子。」

她驚呼。

「不會是巫婆的糖果屋吧！」

她邊說著邊一一脫下身上的衣褲鞋襪，然後赤裸裸在我面前坐下。

我就昏了過去。

醒來時陽光燦爛，我端坐在桌前，室內香味四溢，面前赫然是紅白黃綠好大一桌子菜。

我的屋子從不曾彌漫這樣的氣息，然後她來了，濃烈的青春、奇異的甜香，盛裝在她鮮美的肉體中，她來了，我毫無招架之力完全接收了她的一切。

「你可以叫我陶陶。」

陶陶。

「這屋子來過很多女孩吧！」

她仰臥在我的身上，頭髮扎得我乳頭發脹。

「很多吧！記不清了。」

我細心以手指梳理她糾結蜷曲的陰毛，宛如園丁修整花木，這是我酷愛的活動。

「她們呢？」

「走了。」

「去那兒？」

她翻過身來瞅著我，灰褐色的眼珠像要嚼食我。

「有的結婚了，有的消失了。

「有的死了。」

是的，死的其中一個，吊在陽台的曬衣鐵架下被雨水打得濕透，發現的時候臉上還殘留著笑意，那笑意滲進我的骨頭每當下雨天就痠冷難耐。

「爲什麼會這樣？」

灰褐色眼珠轉換成紫藍色，她倉皇地笑著。

「到後來總會這樣的。」

我說。你也會，總會這樣的。

只賸我一人，獨活著、苟活著，儘可能卑賤殘酷地活，活在我的城邦。

「我不會走的。

「沒有聽完故事之前，我不會走。」

陶陶一根根啃食我的手指，醉心於對那些女孩的想像中昏沉入睡。

「我沒有故事。」

那些支離破碎、荒誕不經的囈語不適合你，陶陶，太過度的好奇心會殺死一隻貓。聽完故事便性欲高張的情境終會過去，只賸下戰慄、恐懼……唾棄。

「我會聽到的，你一定會告訴我的。」

陶陶在夢中反覆呢喃，綿密的音調穿透我的腦門，翻滾在腦漿中轟隆作響。

有一天，如果那時你仍在的話。

●

孩子在夜裡醒來。

那時孩子夠大了，獨自睡在一旁的矮床上，天藍色蚊帳上綴滿小姨做的各式彩球，孩子夜夜睡在夢裡。

房間另一端的灰綠色蚊帳是世界的中心，孩子企望可以進入那神祕的國度，重回兒時蜷縮在女人們的懷中，吸吮兩種起伏交替的香味感覺好安全，那樣的夜晚。

孩子尿急醒來，鑽出蚊帳，才起床，眼前的景象卻怔住了她，孩子跪在床沿，渾身滾燙骨頭格格打顫……

灰綠蚊帳頂端冒出一縷橙黃煙霧向上飛升，屋內充塞甜膩的糕餅味讓蟑螂瘋狂起舞，孩子聽見獸類撕咬追逐的叫囂，聽見蜻蜓撲撲鼓翅，聽見貓兒痛苦狂喜的呼喊，沿著昏黃夜燈的照射，蚊帳底下兩條人影變得好巨大，彼此糾纏、翻滾、碰撞，在孩子眼中蜷曲交疊幻化……

一聲撕肝裂肺的尖叫聲中孩子尿濕了褲子。

●

「每回你坐在書桌前，我便不認識你了。

到底在寫些什麼呢？」

陶陶從身後走來，按住我手上的筆，鼻子在我頸項來回摩挲聞嗅，張嘴含住我的耳垂，舌尖鑽進耳輪中巡索，我的耳膜湧出熱流，噼哩啪啦的浪花擊打海岸。

「只是色情小說。

「騙錢的玩意兒。」

我說。那種東西，閉著眼睛寫都能讓男人血脈僨張。

「我是說那黑色本子。」

陶陶撫摸著我的太陽穴，裡面一顆心臟怦怦跳著。

那黑色本子。

多少年來它一直伴隨我，裡面盡是穢物、垃圾，不堪入目，那是我的心。

我噤聲不語，闔上眼皮，任熱流竄升至腦部跳動不已。清晨四點鐘，我喝去半瓶龍舌蘭，半痲痺的舌頭像吊死女孩子那樣吐露著。

舌頭。

陶陶盤坐在我的書桌上，乳白的屁股在沾滿墨水的紙張上扭動，金黃色大腿上爬滿細密的字跡。

我埋首於她的股間，濕熱的體液滑過我的眼皮、鼻翼，停落在唇上，眼淚般的鹹濕灌入我的口腔，沖刷過心肺肝腸，然後爆發轟然巨響。

在胃部混著龍舌蘭 bomb 成白煙濛濛。

●

多少天了呢？陶陶進入我的世界，飛飛繞繞，帶入外界諸多訊息。每天清晨她必定上市場採買，與小販交談，和鄰居寒暄，攜回花花世界種種色彩，然後一一在我屋內散播種子。我任由她擺布。

「死了兩個高中女生。」

她說。報紙多日刊載了她們的照片、遺言、師友父母的眼淚……

她喜歡神祕的故事。

「總會這樣的。」

我說。

無數的年輕女孩這樣那樣莫名死去，不到數日人們便會忘卻她們的死訊，然後再有人死去……還會死去……

然而我明白那種死訊。

「她們說。

「這世界的本質不適合我們。」

陶陶吟誦著她們的遺言猶如一首詩。

多年前死了一個女孩如今屍體早已灰飛煙滅而我獨活著，在她遺下的屋內。

「你不要躲避我。」

陶陶扳過我的臉，用手指撐開我的眼皮。

我美麗的孩子眼睛裡布滿血絲，粗喘著氣，哀號著。

「我不會那樣的。

「相信我。」

陶陶，其實我不在乎了，死亡或者毀滅，
久遠前已摧折我千百次，如今再也傷我不到。

但我確實深恐她會離去。

終究會離去。

●

孩子她們三人。襁褓中曾在塵沙滾燙的泥地上顛躓多時，總是在逃亡，孩子記得。

但村裡無人知曉她們的來歷，也無從查證她們何時到達這叢生高大蔗田的村莊。

年長者只記得一日空氣突然彌漫誘人的甜香，村裡的螞蟻密密織成黑褐色長氈鋪向遠方。孩童紛紛哭鬧起來，男人們按捺不住無名的欲火四處逃竄。

長氈穿過竹板橋，沿著河岸，經過路面，跨向斜坡上的小屋。那盡頭出現一高一矮兩女子和坐在地上抓螞蟻吃的孩子。矮個兒那人推著獨輪小車上堆滿白花花黃澄澄的糕餅，高瘦那位紮著墨黑麻花辮向眾人凝視，那空洞的大眼和微啓的大嘴像三張巨網，瞬間捕獲了男人的精液血汗，黏稠稠搭拉了一地……

那三人正式在村裡登場，奇詭異麗，是禍亂的徵兆。

在那個閉塞荒涼的古老世界中，女人們存活下來彷若一樁奇蹟。

「那屋子的女人們。」

這是村人給她們的名字。女人的屋子、女人的糕餅、女人的孩子……村人既嫌惡又好奇，膽顫心驚地私下議論紛紛。自此，連天氣都走樣了。

●

「眞不可思議會有這樣的屋子。」

陶陶梳洗後穿上我的白色長衫，鬆垮垮的棉布下她細長的軀體不時隱現，她一遍遍迴繞這樓下樓上搜尋每一件家具擺設。確實值得讚嘆，近四十坪的空間裡堆滿多年來周遊四方的獵物，及各色女人餘留的各式遺跡。每個女人進來這屋子必定刻意留下諸多物件，爭奇鬥妍，都想占據這屋子最重要的一隅。

「這些都是夜渡資。

「缺錢時典當可做生活費。」

我笑了。她眼中經常流露夢幻般的光影，這是個愛幻想的女孩。

「而我什麼都沒有。」

陶陶盤坐在紅木鴉片床上嘆息。

「都留在男人那兒了。」

「我只要你。」

我說。聲音輕顫著，惟恐這話語會驚嚇她。

「是的我只要你。」

我再說。瞳孔放大，雙腿痠軟，下體潮熱無比。

她一把脫去長衫，再度展現她童稚鮮嫩的肉體。

「給你，連同我的心，

「都給你。」

我需要極大的抑制力才不致再次昏厥，我耽溺著她的青春、俊美，她的熱烈、野蠻，欲死欲仙。

我不敢奢望她的心，只乞求這一刻永不消失。

她喚醒我形容枯槁的靈魂。

撫慰了那屋裡日夜哀泣的女人。

陶陶，她初到的時候。

●

「我來自遠方，終年雲霧繚繞的山間是我的家。

「下山工作的人都嚮往這座城，他們說：

『ㄒㄧㄚ米好康吔攏地ㄏㄧㄚ。』」

她說。

「高職念了半年就和男人跑來了。

「我們在KTV，他是少爺，我做公主。

「好像童話故事一樣呢？」

陶陶搓揉著紅腫的陰部，過度啃咬後的陰唇紅豔欲滴，她自己都看癡了。

「後來他想錢想瘋了，爲了一萬塊叫我和別人上床，不然就劃花我的臉。

「那些個一萬八千六千七千甚至三千兩千的日子，眞是奇妙啊！到後來我竟連寄回家的錢都沒有了。

「才逃了出來。

「ㄒㄧㄚ米好康吔？家也回不去了。」

陶陶喃喃訴說她的故事像哼唱一首歌謠，輕易就琅琅上口，什麼痕跡都未曾在她身上留下。

「你的故事呢？」

她問。其實她遇見我不過三個晝夜。

我的故事呢？

我不知道，長久以來我不曾憶及自己，我筆下書寫的不過是可笑的謊言，我寫故事只爲了賺錢容易，只爲吃過多食物必須排泄以免便祕。我的讀者要的只是亢奮勃起高潮射精痙攣流涎，沒有人想聽我的故事。

然後是那一夜，許多日後的一夜，在陶陶精心調製的性愛大餐之後，我咀嚼她塗抹了奶油甜滋滋的髮絲，一一舔食她辛辣有芥末香味的眉毛，我注視她纖長微捲、危顫顫閃著紅光的睫毛幾乎要發狂……她身上每一根毛髮都深扎進我的孔穴迅速扯動我的神經……

「告訴我吧！告訴我吧！」

她在呻吟中再三央求。

魔咒般的字句打在我心上啪啪作響，我恍惚迷離不能自持，她用力吸吮我的乳頭吸出了血紅的汁液，自腳底竄升往上一股狂大張力似要將我瓦解衝散……我彷彿熟透的石榴倏地迸裂，爆出一地猩紅鮮美。

「那孩子……」

恍如墜入五里霧中。那孩子，我只能告訴你那孩子的故事卻也訴說不清，陶陶，只此一次，我將告訴你那古老久遠的傳說，只此一次。

孩子。

●

死去的女孩。

她是我第一個女孩。

初到這瘋狂之城，我就遇見她。她引領我進入這座當時空無一物的老房子，向我展示自己。

那雙大小不一的乳房。

「左邊的叫大姨，右邊是小姨。」

她話一出口我就知道完了。逃不掉了，那魔障經由她千里迢迢將我追到，她一下子用我的恐懼及思念，強占了我的心。

沒有名字的女孩雙乳間長著一張嘴，刷一聲生吞活剝了我。

我們盤據這屋子，日夜狂歡。她吸膠，一瓶幾塊錢的強力膠可以快樂消磨一整夜，我更愛喝脹一肚子啤酒後吸膠會讓我重回那蠻荒之境，我們將身上僅有的財物兌換成無數快樂消耗殆盡。

之後她去車站、公車、百貨公司電影院行竊，手法精湛絕倫，華美一如她的相貌。

我終日穿梭在大小撞球場和人賭球技，拼酒力，醉後數著鈔票狂笑不已。

十九歲的我們，君臨這城市，君臨生命的顛峰。

女孩子二十歲生日前夕，我醉倒在撞球場醒來置身於計分小姐的床上，禁不住和她兩個室友纏綿交歡直到天明……在我無數次呻吟喘息聲中，女孩子爬上椅子，在陽台的曬衣架上，用絲襪將自己吊掛懸空。

直挺挺垂下，死了。

我一身酒臭疲憊不堪回到家，她已然僵硬。大雨打落陽台上僅有的薔薇花瓣散落一地，她渾身濕透，脹紫臉膛伸長舌頭，死狀極爲美麗，連前來勘察的警員都讚嘆不已。

梳妝台的鏡子上用紫色指甲油歪斜地寫著

「我唾棄這個世界。」

那時我就知道，她已將死亡的根苗深植在我體內，我需親手培植灌溉它，直到我千瘡百孔破爛殘敗，它就會再次將我生吞活剝。

我，苟活著，在她所唾棄的世界，在她已離去的屋子。

●

「那孩子不害怕嗎？」

陶陶看完八點檔捧著一大盤通心粉上樓來。她的話總是無跡可尋，啪一下丟出來。

「害怕什麼？」

我吸著菸，煙霧繚繞中她的面容像是虛構的，我懷疑自己到了這等年紀還能享有如此的女孩眞是不可思議。

「害怕那樣的夜晚，又尿濕了褲子。」

她大口大口嚼食著通心粉，嘴唇沾著紅紅的番茄醬，眼睛晶亮無比。

後來不會了。孩子尿濕的褲子隔天就陰乾，第二天下課回來，孩子特意繞到鄰村蹓躂，折騰了許久才回到家門。

孩子停在竹籬前心臟跳得好急，以爲經過那一夜什麼什麼都改變了，她遲遲沒有勇氣推開竹籬，全身痠痛不堪猶如昨晚她也加入了那場混戰……

不久後小姨的歌聲輕輕揚起，一如往昔。

孩子便安了心。

要進入的仍是她眷戀多時的世界，屋裡的女人依然深愛彼此，和昨天，昨天以前一模一樣。

孩子用力吞嚥口水，不禁期待著夜晚來臨。

此後，孩子度過無數這樣的夜晚，這夜晚滋養著她的骨血，豐潤了她的肌膚。孩子漸漸長大。

「眞幸福啊！」

陶陶走上前來解開我的衣釦，伸手探入我胸前恣意撫弄，她眼中飽含酒意，兩頰潮紅，正想像著那夜晚的盛筵……想像屋子的女人……孩子的故事每每令她亢奮不已。

我的胸口忽地抽痛起來，她眼中的酒液裡浮現出一幕幕的景象，我極力緊閉雙眼卻揮之不去，我渴望再進入她的身體裡尋求庇護，我需要陶陶用她的精力將我挽回，在我失足

跌落那無底深淵前趕緊將我拉住……我不願再重回，

蔗田裡的那一幕。

●

逐漸地，我發現自己有所改變。陶陶以極佳的廚藝和旺盛的性欲，將我餵食得氣色紅潤。她這個頭腦簡單四肢發達的美少女拖拉著我這朽物，不自覺加入了她所構築的世界。我生命初期便已徹底封閉的心靈如今破綻百出，讓她乘隙而入。多年來身邊有人即失眠的習性，也被她屢次突襲而冰消瓦解。

這隻獸，侵入我極力護衛的城邦轉瞬間變成她的狂歡樂園卻毫不知情。

竟會有這樣一天！

那麼再來呢？當我發現自己無法抽身的時候，她也將要轉身離去嗎？如過去一切那樣消失殆盡？

總會這樣的。我虛弱地哀鳴著，感情走到這個地步就要開始腐爛了。是我失心大意破壞了遊戲規則。

美好而幸福的愛情怎麼會偉大呢？人們不都期待著令人掩卷嘆息的悲劇嗎？

「眞幸福。」

陶陶說。

「再來呢？」

再來呢？

再來等我先到廁所大便，大便完再告訴你。

●

孩子坐在院內的矮凳上。

咔嚓，大姨手握剪子，咔嚓咔嚓剪去小姨的長髮，風吹起地面散落的髮絲，漫天狂舞，化成一隻隻烏鴉往蔗田那邊飛去……

「待在屋裡別出去。

「當心那些男人。」

大姨沉沉的嗓音斬釘截鐵，隨後又無限柔情地撫摸小姨的短髮低聲地說以後反正還會再長……小姨始終笑著，直說這樣好舒服可以不必梳頭眞好。她從不知道自己美麗，美麗得讓人們都染了失心瘋，她甚至不曾察覺外界一切聲息，只專心沉浸在小屋中的一切事物，醉心於她小小的宇宙。

許多年來小姨始終頂著她認爲好涼快的五分短髮，一身不合時宜補了又補的黑色衣褲，這樣無性別童女般的裝束卻成爲更加神祕的符碼，多少人徘徊在市場裡啃噬著鬆軟的糕餅，腦中幻想著那童女身上的體香……

孩子騎單車到五公里外的國中上學。孩子搭公車到十五公里外的高中念書。大姨身手依舊矯健頭髮卻覆蓋了薄薄的白雪。孩子長大了。

時間飛快過去，小姨的美也與日俱增。

孩子愛上了村裡那個眉心長著暗紫色胎記的女孩。女孩總搭著不同男孩的摩托車出門，沒有看見身後那孩子殷殷盼望的眼神。

孩子在黑色大本子裡寫許多詩，孩子總是在夢中啜泣。

蚊帳裡的夜筵已許久沒有展開。

和過去的每一天相同的，傍晚，孩子總會看見大姨在院子幫小姨洗頭，等風吹乾頭髮的時候，她們會握著手輕聲地談笑，然後問孩子學校的事情。孩子心中漲滿幸福，也格外思念那女孩。女孩的頭髮是孩子的夢。

沒有人知道，情欲的狂魔日日夜夜侵蝕孩子的心。

升高三那年暑假，女孩嫁人了，聽說要嫁到一個熱鬧非凡的好地方，很遠很遠，很遠。

婚禮那天，鑼鼓喧天，大姨破例帶著小姨去看熱鬧。

而孩子躲在蔗田裡，握著鉛筆刀的手，顫抖不已。

那令人哭泣的蔗田。

●

「孩子當時想到了死嗎？」

陶陶臉上的潮紅未褪，讓我憶起小姨的面容，那種美，令人受傷。

「是的，孩子一心求死。鋒利的刀刃輕輕往手腕上一劃，沒想到竟有那麼痛！孩子看見鮮血汩汩湧出差點嚇暈過去。那時起，孩子便知道自己怕痛怕死十足是個懦夫，而且還要這樣怯懦地活很長很長的一生。」

說話時我仍感受到那冰涼的刀刃，溫熱的血液，及蔗田裡呼呼的風聲，那樣的情景一直盤據著我，多少年來仍令我顫慄驚慌不能自已……

「孩子收起鉛筆刀，用裙襬拚命想把手腕上的鮮血擦乾，沒想到愈擦愈多，怎樣也不能停止。孩子聞到好濃稠的血腥味，連天空都染成血紅色，烏鴉瘋了似一群群嘎嘎在空中亂竄，風吹得好狂，遠方還依微輕見鑼鼓聲響，但四周卻傳來男人粗啞的陣陣哀號……孩子拔腿狂奔，眞是嚇壞了……」

「什麼東西嚇了孩子？」

陶陶顯得興奮又緊張，雙手在我腿上扠捏弄得我好痛。

好痛！說到這兒我幾乎崩潰，我不善說這樣的故事，那孩子的事已用去我太多時間，我不願再爲此受苦……而且，故事已接近尾聲，之後，我用什麼來留住我那美麗又愛聽故事的女孩呢？

總會這樣的。

「和我做愛吧！陶陶，在說完故事之前，我想再一次品嘗你的身體，像最初那樣，你會讓我瘋狂癡迷幾度昏厥，最好永不再清醒……」

在孩子狂奔於高大無垠的蔗田中時，在那腥甜欲醉的血泊中，在那近乎獸嚎的哭泣聲中，我緩緩進入陶陶的體內，她也進入我的，儘可能的溫柔繾綣，儘可能的狂暴熱烈……也許是最後一次了。

性的祭典。

●

愛的祭典。

孩子來到了蔗田的盡頭，那盡頭。

一大片荒蕪後雜草叢生的土地，孩子跑到這兒便無力再前進，她瞪大雙眼真不敢相信自己的眼睛，是不是嚇壞嚇花了眼怎麼會有這種事情怎麼會？

小學裡教她三年級的老師，面目清秀斯文沉靜，村裡公認是最有前途的未婚男人，那年家庭訪問到家裡來，和大姨興高采烈地聊了好久……看見小姨的時候，把茶杯掉地上摔破了隔天還送來好漂亮一打的……

老師，如今坐在血泊中頭髮上沾滿泥土草屑，嘴裡不知咀嚼著什麼涎著一大片血跡，臉上手上衣服上到處都是鮮血。他不停地自言自語，自言自語。

孩子往前走近，往那血泊中靠近。看見了小姨。

這時，孩子才失控放聲大哭，那哭聲驚天動地，天上忽地嘩啦啦下起滂沱大雨，土地劇烈搖動遠處正在吃酒宴樂的村人都慌亂起來。

小姨赤裸的身體已殘破不全，只有那絕世的美貌仍完整地呈現著，猶如生前孩子常見的那模樣，空洞的大眼、茫然的微笑，濺滿血滴仍童稚無邪的面容，孩子凝凍在那景象中，因爲太美而感到絕望。

「非殺了她不可非殺了她不可……」

孩子轉向那喃喃自語，又哭又笑的男人，刹那間懂得了他的話語。

「這麼多年了，非殺了她不可。

「否則大家都活不成，活不成了。」

不遠處，聞聲而至的眾人中，狂奔的大姨早已泣不成聲。傾盆而下的雨水將每一寸土地都染得鮮紅，小姨碎裂的屍首隨著雨水四處流散，散成一片片細小的肉屑滲進泥濘的土地裡，只有那面容還餘留著，在孩子面前，一逕地微笑微笑微笑……

孩子記憶著那微笑，終生受苦。

終生享樂。

●

許多晝夜過去之後，我仍在那屋內。

那女孩長得更美了，但美得很平凡。除了我，誰也不會爲此受傷。

「再來呢？」

她還是一直追問我孩子的事。

「以後再告訴你。」

我學會了把故事寫在紙上，而那女孩不喜歡讀書，於是仍保持強烈的興趣。

她睡前一定要聽故事，聽完故事之後就會好想做愛。我心愛的陶陶，爲了她，我翻遍了黑色本子的每一頁，同時又書寫了許多紅黃藍白的本子，得把平凡的故事試著說得生動，讓簡單的情節變得好複雜。

「像一千零一夜那樣嗎？」

她發現了我的詭計。

「對，像一千零一夜那樣。」

我說。

永遠沒有結尾。

眞希望故事不會結束而你永遠在我身邊。我只能盡力試著這樣做，做一個更好的說書人。

說更好聽的故事。

「再來呢？」

我看見那屋子，燈下兩個女人，低低切切不知在說些什麼？突然笑了起來。笑聲直奔向廣袤的大地驚醒沉睡中的女人們……

那屋子。

夜的迷宮

阿菲說：

「所謂的人生，就像被放進迷宮裡實驗的白老鼠，不知所以地尋覓食餌，漫無目的地找尋出口，一再碰壁、撞牆，好像跑得很遠，其實只是在一個小框框裡打轉……即使，歷經重重險阻，最後好不容易抵達終點，也不過是代表即將被放進另一個更加困難，且完全陌生的迷宮裡繼續被實驗罷了……」

●

那時酒吧裡正播放著纏綿悱惻的情歌，我眼前卻浮現出團團打轉的白老鼠，像是有人在我腦袋裡硬塞進許多乒乓球似的，那些小白球轉得我暈頭轉向……我趁著白老鼠喘氣休息的時間趕緊開口。

「爲什麼我們仍要一次次去走那些無用的迷宮呢？」

阿菲凝視著我，多少次她總是以那種眼神看我，像在我眼珠裡鑽洞，直接鑽進靈魂深處。

「因爲，我們都是實驗用的白老鼠啊！」

回答得真棒！我只好埋頭繼續吃著籃子裡香噴噴的爆米花，那一粒粒白花花的小玩意送進嘴裡時，我又不禁想起酒吧入口的玻璃箱，箱內那兩隻技藝超群的白老鼠，幾乎一夜之間就可以破解高難度的迷魂陣（以老鼠的角度而言確實是高難度喔！），如願以償地啃光整盤的食物，酒吧老闆也樂此不疲地每天想出不同的花招……迷宮、白老鼠與老闆之間，好像有點是阿菲說的那種味道……

阿菲一根根仔細舔過她塗滿白色指甲油的十指（確實是整整十根手指），隨後很緩慢地把最後一口菸抽完，按熄菸蒂，再伸過手來抓弄我的頭髮直到全部亂掉，撫摸我的眉毛、眼皮、鼻梁、人中、嘴唇……目的地是我的乳房上，每次都要來這麼一整套儀式（路線則隨她任意變換），然後她才會心滿意足似的站起來，拉拉裙襬，宣布說：

「嗯，好了，

「該上台了。」

是該上台了，阿菲。我將如同往常一般，靜靜地喝著馬丁尼，聆聽她醉人欲死的歌聲，讓心緒四下翻騰、任意飄散，腦中逐字逐句咀嚼她今晚說過的話語，想像她已逐漸侵入我，終於滲透我的身體……直到夜深。

「大家好。平頭阿菲要爲您演唱的是

「〈Send in the Clowns〉（小丑上場）

「給所有置身迷宮中旋轉奔跑的人們。」

迷宮？我沉溺在她的聲音中，恍惚裡記起，我不就正在名叫迷宮的酒吧裡嗎？（眞是身在迷宮不知迷啊！）

出口和入口是同一回事，都得經過那只玻璃箱。

●

我究竟是什麼呢？

一個左手中指失蹤了的前鋼琴教師？三年前，孩子死去前，中指斷掉前。

或者更早以前？

早在五歲那年被媽媽認爲有音樂天分（很可惜只有她個人這麼認爲）的重要時刻，我的名字就變成了「鋼琴」（編號 K2309、廠名「YAMAHA」、年份不詳），我是爲了彈琴而誕生的女孩（媽媽懷我的時候曾在夢裡看見白色大象彈鋼琴，幸好她醒來只記得鋼琴的部分）。

然後，歷經十餘載的苦練，我在十九歲那年和在音樂廳認識的男人阿立上床，彈無虛發地懷孕，理所當然的，剛滿二十歲那天便公證結婚。我媽媽進了療養院。

至此，我才知道自己其實什麼也不是。

（GAME OVER，謝謝光臨。）

到底是發生了些什麼事啊！誰也不清楚。

如今，脫離左手宣布獨立的中指，以及燒成美麗灰燼的嬰兒，各自沉默地躺在地球上兩個深沉的地底，極其安寧的，伴隨著已死去的鋼琴聲，緊閉嘴巴，闔上眼皮，停止心跳，任由時間的河流推著走，向前，再向前。

走入永無止盡的迷宮……走出我的生命。

（什麼人在我心裡悄悄地打開一扇門，然後把門板整個卸下來，帶走了。）

（那原來是門的地方，成了一個缺口，空在那兒。）

（空著。）

●

馬丁尼、手指、　六根手指的麵包
迷宮、陰莖、　前鋼琴教師
圍牆、隧道、　骨灰
Duke Ellington
鏡子。陰道、馬桶　永
白老鼠。血液　恆　大白象
K2309、　旋　OT2309
伏特加、查特貝克、　轉
　白氏兄弟　的　性交
女用洗手間、鋼琴、　迷　媽
鳳梨、555香煙、　宮　媽
小喇叭、白象、　KY潤滑劑
嬰兒　莫札特

夜　手　　我是白老鼠
骨灰　指　　　貓在樹上
平頭阿菲、照鏡子、
爆米花、缺口、　史奴比的小屋
天空、樹上的貓　蕭邦
　夜的迷宮、
媽媽　　　療養院
（缺
　　　　　　　　　　口）
　　一直空著

●

我來到迷宮。

那天是阿立生日，也是我生日（多年前的那個夜晚，我們為彼此的生日舉杯慶祝，他的陰莖在西裝褲底下勃起得好明顯，我笑了……），這些年來我們未曾特別慶祝過，而那天不同，阿立說不同，我猜是因為他剛升了設計總監，而且才把喜美雅哥換成賓士三〇〇的緣故。

「總之，應該讓你快樂一下的。」阿立說。他總是這麼說。於是，搬家、買房子、替車子，替我找心理醫生，報名婦女成長團體，請日文、法文家教……都是為了讓我快樂。（為什麼卻賣了我的鋼琴、琴譜、CD、兩隻貓……嬰兒衣物……？）

（而媽媽又是換到了那家療養院呢？）

他確實是盡了所有的努力。

相對於他，我都在做什麼呢？只是坐在偌大的房子裡思索著如何把錢花掉而已！（資本主義社會最大的美德就是消費，並且浪費，花得愈多便賺得愈多）成天打掃著其實不存在的灰塵，彈著不存在的鋼琴，餵飽不存在的貓，對著不存在的孩子微笑，聆聽不存在的音樂並搖動我不存在的手指……看起來很忙碌實際上卻只是一直自言自語而已（夫人，你的信用卡一直沒有刷卡記錄這樣不行喔！大家如果都像你這樣台灣的經濟會衰退的……）

於是我決心和阿立來到迷宮。一家酒吧。

第一晚。

迷宮位於阿立公司大樓的地下室。

推開厚重的深藍色玻璃門，步下階梯彷彿進入熠熠發光的隧道，牆壁、天花板、地板，觸目可及都是鏡子，通明的燈光下刹那間跳躍著千萬個自己（我的右眼緊貼著那小洞中凝視，五塊錢的萬花筒裡世界如此曼妙豐富），低頭時便踏著自己的頭顱，一轉頭卻和自己面面相覷，奇異而恐怖的感覺頓時襲來，下樓的速度不得不一再放慢（頭兒肩膀膝腳趾，膝腳趾），慢得令人不禁懷疑自己是上升或下降，這階梯是否沒有盡頭？……（倫敦鐵橋垮下來，垮下來，垮下來。）

（就要，垮下來。）（眼兒鼻和，口。）

終於踏到平地了，玄關的部分也不再有那麼詭異的鏡子，而是溫暖結實的木質牆板和地板，牆上懸掛許多外國人的照片，大多是黑人，有吹薩克斯風的、吹小喇叭的、彈鋼琴的、拉提琴的，還有只是叼著菸不彈任何樂器的……男男女女。透明玻璃門上掛著的大型海報寫著「平頭阿菲與白氏兄弟三人團」，沒有照片。

門邊有個木頭櫃子，上頭放著二十吋電視倒過來橫放那種形狀的玻璃箱子。（箱子裡是令人匪夷所思的小型迷宮，兩隻像雞蛋長了尾巴的白老鼠正奮力吱吱叫著。）

迷宮酒吧。

還沒正式踏進酒吧我已經感覺到，這裡不會是個怎麼有趣的地方，那些鏡子、樂手，還有白老鼠，把我搞得七上八下的緊張極了……

「別怕，這裡我很熟，不是你想像的那種。」

阿立像熱心的導遊一樣適時平撫了我的慌亂。（那種？我想的那種？）

進入迷宮。

四周的牆壁照例是一塊塊大小不一的鏡子鋪成的，五顏六色彎曲成各種形狀的鋼管當成桌腳，上頭鋪著一吋厚的透明玻璃，就算是桌子，白鐵皮雕花沉重極了的椅子坐起來像陷進什麼人懷裡似的……（我一直注視著前方，那舞台。）

正前方半圓形的舞台上，三人樂團。

左端矗立著黑熊蹲踞狀的鋼琴，鋼琴師叼著菸，蓄著披肩長髮，瘦削身材穿黑色西裝、長褲、米白色襯衫，彈琴時像喝醉酒一樣搖晃著他的頭顱。

琴音停止，舞台右端響起小喇叭的 solo，有點囂張的小個子男人，短髮落腮鬍，灰色西裝白襯衫墨綠長褲打著變形蟲圖案的領帶白色皮鞋，看得人眼花撩亂。

以及那女人。

「平頭阿菲與白氏兄弟三人團」。那個女人就是平頭阿菲嗎？時間是晚上七點三十五分，阿菲上場。

我期待著。（那面孔爲何如此熟悉？）

●

孩子死的時候，才九個月大。

比我漂亮許多，可以想見長大後會非常特殊的女孩子，當初是爲了想生下她而結的婚，如今她早已離去，獨留下我，猶如殘存在杯底的曼特寧咖啡漬，風乾，硬了。

此後我的人生，就像過戶給別人的生命似的，我曾擁有它，可以觀賞它，卻對它無能爲力。

我只有二十五歲，竟像活了幾百年一樣，簡直沒完沒了。

「請和別人睡覺吧！我不會介意的。」（眞心話。）

許多次我曾這樣對阿立說。至於他究竟有沒有和別人睡覺，我並不清楚。（你看，我打手槍打得手都長繭了。）只是，每次夜裡醒來，看著他略略勃起的陰莖，帶著淺淺的微笑對我搖頭嘆息，就會非常悲傷。

（溫暖的插入，閃電般的高潮，感官全然釋放），那已經是我進不去的世界了。

說起我的性欲，就像侏羅紀時代的恐龍一樣，雖然曾經存在，也確實令人懷念，魅力更是不容忽視，不過那畢竟是古老、遙遠，而且已完全消失的歡樂美好時光了。（史奴比經常躺在屋頂上仰望天空，天空什麼話也沒說。）

我努力拼湊心中僅存的溫柔記憶，儘可能地接納阿立的身體（並不是爲了責任或報恩，只是直覺地希望可以這麼做），結果是力不從心，我的陰部擺出像車掌小姐一樣乾枯的面孔，無論如何也不願潮濕，它緊閉著嘴，打死也不肯鬆開。即使阿立把我從頭到腳一吻遍，陰部在唾液的滋潤下曾些微濡濕，不過，絕對維持不到陰莖的蒞臨，隨即蒸發了。（爲什麼一定要叫我吃鳳梨呢？）

如果使用效果良好的KY潤滑劑，雖然可以勉強插入三公分，不過，抽動不超過五下，我便會抽搐痙攣，頭痛狂呼，嚇得阿立馬上射精。這樣下去，用不了多久，他沒有陽痿，鐵定也會早洩。（不要緊的，雙手萬能啊！）

什麼時候變成這樣的？爲什麼？

「我們離婚吧！」

「爲什麼呢？」

「性生活不美滿啊！」

「我不在乎啊！」

（可是我在乎，我在乎嗎？）

無論我怎麼說，他仍堅持要和我在一起。

（我並沒有非離婚不可的理由，我喜歡和他在一起。）

「總有一天你會好起來的，我知道。」

（會好起來會好起來的，是吧！）

誰知道？

眞難爲他了。才三十三歲啊！從前高興起來一晚上做三次也常有的，如今卻只能在浴室裡自慰，這是什麼人生呢？

我對自己說

「只是死了一個孩子。

「只是斷了一根手指。

「只是陰道比較乾燥。

「只是這樣而已喔！沒什麼大不了，又不是世界末日？（爲什麼太陽還繼續照耀？爲什麼鳥兒還繼續歌唱？）」

難道他們不知道嗎？

（世界已經結束了。）

（結束了。）

我一次次反覆告訴自己，只要學習海倫凱勒的精神，重新振作起來，可以再生三個、五個孩子（生多一點以防萬一），也可能會成爲第一個偉大的九指鋼琴家，然後陰道會像洩洪一樣洶湧著潮水，就可以徹底翻雲覆雨，享受性愛，甚至變成技冠群雄的蕩婦也說不定啊！

我禁不住狂笑起來，想像著未來，帶著五個吵鬧不休的孩子，既放蕩又淫穢，還擁有「空前絕後的九指鋼琴怪傑」的頭銜，哎，那光景，眞是太有趣了！

九指怪傑？像祕雕一樣。

我的手指。（想想看，究竟把手指放到那兒去了？這麼重要的東西怎麼可能忘記了？拜託再仔細想一下……）

這麼重要的東西。（找到了接回去還來得及。）

（來不及了。）

●

那晚，阿菲唱的是〈Laugh, Clown, Laugh〉。

我是第一次認眞聽著這樣的音樂，雖然阿立可以稱得上是個輕微的爵士樂愛好者，不過他所有的CD收藏和音響設備都在工作室裡，一向只在畫設計圖時和著音樂吹口哨，我除了在客廳抱著手臂看電視，什麼音樂都不會用心去聽。（心是一只漏風的皮球，扁了。）

她站在鋼琴背後，下巴擱在琴蓋上，露一張小小的，極白的臉，很無聊似地用手指在鋼琴上劃著圈圈……直到小喇叭 solo 完畢，拖著長長的尾音時，她才懶洋洋地踱步過來。擺盪著比例上太過細長的手腳，瘦瘦的頸子用力撐著她小小的頭顱略微向前傾斜，她延著小喇叭樂音劃出的長線，以破碎零亂的步伐滑向舞台中央，左手握著銀色的麥克風，用三分之一秒的時間舌頭快速舔過麥克風發出嘶嘶的聲音……然後開口……

「我是平頭阿菲，他們是白氏兄弟。

第一首歌要爲您演唱〈Laugh, Clown, Laugh〉……」

從那個角度看都不能算是美女，只有眼睛由於太大，而且無比幽黑深邃勉強會令人稱讚，至於大約一．五公分長的短髮很戲劇性地散布在凹凸不平的頭顱，塗著咖啡黑口紅的大嘴薄唇，幾乎是沒有眉毛，鼻翼左端戴著兩只金色的鼻環，幾近平坦的胸乳，猶如脫臼沒有組織好，各自爲政的四肢……她像夢遊一樣在舞台上晃蕩，平頭阿菲，擁有我生平首見，極清澈、富張力，隨意揮灑控制自如，如冰糖般甜美，卻能直指人心，並將之徹底搞亂的特殊嗓音。

（三人組。玩鋼琴的人。玩小喇叭的人。玩聲音的人。他們玩弄著我的心）。

我一直傾聽著那歌聲，像要告訴我什麼似的，有種她是爲我一個人演唱的奇妙感覺。

「簡直是爲了我而唱的嘛！」

同桌的朋友有人低聲說了這話，其他人則心有戚戚地拚命點頭，好像很感動似的不約而同舉杯喝酒。

是因爲這個原因吧！即使一瓶海尼根、台灣啤酒都要二百五十元，我喝的馬丁尼竟要四百五十元，如此昂貴離譜的價格，酒吧裡仍坐了八成的客人，大家都一副心滿意足的樣子。

阿菲散發著類似鴉片或古柯鹼般蠱惑的氣息。或許是冷氣出風口一直焚燒著安非他命也說不定，吧檯的調酒師偷偷在杯子裡摻進了成色很差的嗎啡……搞不好那條鋪滿鏡子的隧道就有催眠師躲在後頭唸咒呢！

我在她的歌聲裡支解，任由崩裂的思緒四下翻滾。

「中場休息十五分鐘。」

阿菲下台之後，台上只賸下鋼琴師還在慢呑呑地抽菸，像擦拭鋼琴般地用手指玩弄著琴鍵，那胡亂、兒戲般的指法彈奏出令我爲之驚愕的美妙音樂……。眞的太久沒有彈鋼琴了。出事之後，阿立賣掉原來的房子、家具，連同鋼琴，我蒐集的唱片、卡帶、CD、養了兩年多的貓……像變魔術一樣全部消失，等我從療養院出來時，迎接我的是全新的、陌生的世界（是我自己要的吧？是誰一次次把頭在琴蓋上撞出好大的聲音？還把手指切斷了？誰呢？）

如果他眞是要湮沒所有的過去，幫助我重新開始的話，爲什麼又要帶我來這裡？讓這個莫名奇妙的三人樂團弄出令人心碎的美好音樂來折騰我呢？

我好想吐。（記憶的酸水自胃部向上湧出。）

已經死寂的瘋狂因子又重新跳動在我的腸胃心肺裡，再一點點就要把我完全翻覆。

我在馬桶上蹲坐許久。只有這裡才是屬於我的地方吧！（安靜、私密、潔白、封閉，我的天堂）無論如何至少還有溫暖潮濕的抽水馬桶肯接納我，不管我做了多少難堪的事，不管彈奏出怎樣難聽的音樂，只要拍拍屁股站起來，向著水池裡的穢物點頭鞠躬，輕輕扳下自動沖水的把手，馬上就會嘩啦啦響起如雷的掌聲和喝采……

（感激不盡十二萬分感謝再感謝安可安可再來一次。）

洗手的時候，我順便沖刷著已經僵硬的臉孔，撥掉留在眼皮上的水珠之後，我瞪著鏡子發怔，伸手又揉了揉眼睛，是我的臉沒錯，不過，背後掛著另一張臉。

是她，平頭阿菲。

那如妖獸般的奇異女子一直向我走來。

一直走來。

(Every time we say good-bye. I die a little.)

療養院。正確的說，是精神病院。

只不過這是地處深山荒原，收費昂貴，環境清幽，佔地一千五百坪有花園、菜圃，有如避暑別墅的美麗建築的私人療養院。我曾在那名叫「綠野仙蹤」或「桃花源」之類的療養院中待過半年。

詳細的入院原因我已經記不清了，那段時間我服用了大量的鎮定劑，也喝光了櫥櫃的威士忌和伏特加，連續十多天都在狂亂昏迷中度過。

我想眞正原因或許是時候到了吧！在經歷嬰兒抱在懷中卻猝死，整理東西時竟吞掉了結婚戒指，彈完鋼琴之後在廚房把中指斬斷……種種奇妙的情境，阿立找遍屋子裡也找不出被切斷的中指？急得他大吼大叫……

「丟到馬桶裡沖掉了啊！」

我說。（千眞萬確，這情景像看電影一樣慢動作一遍遍在我腦海裡重複播放。）

於是時候到了，該去度假了。

我沉浸在山中異常安靜的冷空氣裡，一日一日度過屬於我自己的童話仙境，任時間像大雨一次次沖刷已斑駁的記憶直到完全空白，我不再告訴別人什麼，只想靜靜關上門窗、闔上眼皮，學習死去。

結果在那兒我只學會了打毛線，我細心地織就一雙一雙毛線手套，直到出院前共織成十三雙，都是十指完整無缺的。

（那十三雙巨大的手掌包裹著我，淹沒了我。）

（手。）

●

她走向我。

我沒有回頭，只是看著鏡中的她逐漸向鏡中的我靠近，她張開頎長寬闊的雙翼，倏地包圍了我……她的頭髮在我背上摩挲，尖細的髮絲穿透襯衫、肌膚直透進我的脊骨，她一言不發，像幽靈一樣附著我、吸食我，海蛇般的雙手游移於我的胸口，濕軟的嘴唇含吮著我的耳垂，伸出蛇芯鑽進我耳輪內嬉戲，耳膜被大量唾液打濕不停嗡嗡作響……我禁不住閉上眼睛，陷入昏亂之中……

（美麗的蜘蛛女妖，向我吐出晶瑩剔透的長絲，結連成神祕的迷宮，上接天堂下連地獄……我是癡傻的小白老鼠，無助地奔跑、碰撞，一心一意只想投入她的懷抱。）

再度清醒時，已經一絲不掛地站在廁所狹小的空間裡（衣物散落滿地猶如落葉片片），她正面對著我，將我攬在胸前，身上仍是台上那副裝束，兩隻眼睛像豹子閃爍著像要吃人的興奮綠光，我們幾乎一樣高，我在她懷裡抖個不停，每抖一下，她身體裡散發的欲望就滲進我骨髓裡一分……

「我想要你。」

她說，那足以切割人的聲音讓我無法承受。我強忍著不讓自己哭叫出來，滿心盼望這妖獸般的女人快點將我撕扯下腹，隨即又對自己驚人的想法感到惶惑不安。

（要我吧！再進來點，再多一點。）

「現在，

「還不是時候。」

說完，她輕輕舔舐我的頸子，在喉嚨的部位咬囓一下（疼痛的暢快剎那間布滿我的神經，鮮血在我眼睛裡狂奔），她吮吸那部位發出嘖嘖好聽的聲音，約三十秒鐘過後，她抬起頭來，用手指梳梳頭髮，對我露齒一笑，開門走了。

她走了。留下滿臉潮紅，跌坐在馬桶上的我，下體滾燙的體液像失禁一般奔洩而下……（終於濕了吧！我久違的甘泉），我伸手想要拂乾它，手指卻一根一根著魔似地撫摸著陰部，然後一一陷入那孔縫中不住地抽搐……無法自拔……

（再深一點！嗯，很好。）

（很好。）

●

「手背抬高一點，背挺直！」

「姿勢要優雅！」

「不許玩貓！」

「去練琴……」

（不准這不准那，唯一要做的就是個好會彈鋼琴的小公主，懂嗎？）

我耳中反覆迴盪著這樣的聲音（那是個好美麗的女人有著極美妙的聲音。）穿越時空，我一再飛回許多年前那個午後，我五歲吧！（或者更小？）是個發育不良，瘦弱枯黃的小孩，面對著宛如稀罕白象一樣神祕巨大的鋼琴，既愉悅又驚慌。自小，只要聽見媽媽在客廳彈琴，聽見唱機裡傳來種種音樂，我便沉入比湖水更深邃寧靜的世界，我不斷聽見那奇妙的白色大盒子在召喚我，我熟記著許多曾經聽過的曲子，終於有一天我忍不住向它走近，投入它好溫暖的臂彎，盒子裡的精靈對我說，放我出來放我出來，我是躲在盒子裡的音樂你必須釋放我。

我什麼也不懂，爬上好高的椅子，雙腿懸空，伸出短短的手指，手指一碰觸到琴鍵我便知道此生已被它俘虜。

我被音樂發現。（那天我究竟彈了什麼？我不知道，笨拙的手指怎麼也停止不了尋找音樂的遊戲……然後媽媽出現了，她滿臉淚痕望著我，大聲喊叫！）

（是你！就是你！）

開始了我的悲劇。

（但如今我多渴望再回到那爲鋼琴痛苦掙扎的日子，渴望再次被音樂征服，爲鋼琴癡狂……）

（不是手指的問題）

（手指無罪）

●

幾乎不自覺的，只要天色一黑，我就像上了發條的鬧鐘，體內不斷發出「迷宮咕咕，迷宮迷宮」這類的叫聲，毫無控制力地前往那地方，像要印證什麼一樣，我到達迷宮。

生日之後連續五個晚上，我在桌上留著「到迷宮去了，不要擔心」這樣的紙條，然後準時在七點三十分向迷宮報到。

這五個晚上，阿菲沒有對我說一句話，沒有走到我身邊，更沒有突然出現在吧檯、走廊、洗手間、垃圾箱、菸灰缸……任何地方。

我像打卡上班一樣，七點三十分到達，九點鐘離開，中場休息時在門口和老鼠聊天（牠們確實告訴了我許多事，關於人生，關於更形而上的種種觀念，我們以極抽象的方式分別讓對方完全明瞭），阿菲只是個歌手，上台唱歌、下台鞠躬，沒有中間的過程。（我曾刻意地在洗手間流連徘徊，她沒有出現。）

沒有關係。我告訴自己，只要聽見她的歌聲就足以安心，至於答案，答案是不存在的，沒有答案就不需要問問題，沒有問題就更不需要和誰交談了。

不過，還是有幾個怪模怪樣的人對我提出問題。

「小姐，一個人嗎？」

年紀從十七歲到五十歲之間都有，打扮從皮夾克皮長褲、西裝打領帶、T恤牛仔褲到背心短褲配長靴（肩頭上刺著A），髮型從只賸後腦勺一小撮、短平頭、西裝頭……到披肩大捲長髮……這地方真是聚集了各式各樣的男人啊！簡直像異形大出擊的比賽，每個參賽者都要對我提出相同的問題，當成是機智測驗。

「小姐，一個人嗎？」

（各種不同的音調、語氣，甚至不同的語言。）

（蠢問題。）

起初我是象徵性地搖搖頭，或面無表情地喝酒，後來，我索性伸出只有四根手指的左手，微笑地回答。

「你說，我看起來像是兩個人嗎？」

（食指和無名指中的凹陷處微微發光。）

在我面前穿著蘋果綠西裝配粉紅色襯衫、髮型像上了蠟的鋼盔，三十八歲左右的男人，像看見驢子抽雪茄（或老鼠踢足球）的奇異景象似的，瞪大了原本很小的眼睛，大約五秒鐘之內嘴巴一直張得很大（露出後方兩顆金光閃閃的假牙），他額頭上浮現出「MY GOD」這類的大寫字母……

（唉，這世上已經沒有人要聽眞話了。）

●

當我不斷地面對異形的質問時，阿菲仍維持她一貫甜美迷離的水準在台上唱歌，我使勁全力將她唸出的歌名一一抄寫在餐巾紙上，希望歌名裡可以透露些許線索。

結果我得到下列名單：

〈Black Butterfly〉三次

〈All of You〉一次

〈What am I Here for〉三次

〈Laugh, Clown, Laugh〉兩次

〈Danny Boy〉一次

〈Misty〉連唱兩次

……

至於歌名太長或完全沒聽懂的有六首，總之，我在這些字句裡尋覓，結論只得到「她的歌聲眞是沒話說」這種結論。

（What am I here for，爲什麼我仍在這兒？我究竟身在何處？餐巾紙什麼也無法回答我。）

第六天，我像犯了毒癮一樣，心中叨叨念念只是那地方。

「還要去迷宮嗎？」

阿立問我。（什麼時候出現的，這場戲沒有他吧！）

唉，我差點忘了，我是個家庭主婦啊！

「是的，非去不可。」

家庭主婦換上高級的衣服，連續幾個晚上流連在酒吧裡，雖然說有點違反常理，不過，我實在迫不得已。

「偶爾出去走走也好，不要老是窩在家裡。」

阿立露出帶有這種含意的笑容，陪我走到電梯入口，幫我按了「下樓」的按鈕。

（自十一樓緩緩下降的電梯彷彿深入地心似的，將我的身體沉入地底，然而我的心翩翩飛升，從通風口鑽出。）

（飛走了。）

●

那時，我喝了一大口啤酒，冰涼的泡沫正愉快地在口腔裡咕嚕嚕地游泳，卻突然發現了一個事實，由於這種突如其來的醒悟簡直讓我措手不及，於是我維持著咕嚕嚕冒泡的嘴巴，驚訝得腳底都冒汗了。

事實就是，根據這六個晚上的觀察，清楚地顯示，那天晚上在洗手間遇見阿菲的事，徹頭徹尾是我自己的想像！

天啊！言下之意就是說，是我把自己全身剝光了赤條條地蹲在馬桶上，然後，自慰了！

（我自慰？）

一切都完蛋了。

等於是說，自從那天莫名其妙地被阿立帶來這個酒吧之後，我多年前的幻聽、妄想、狂暴……種種行徑再度重現江湖了。

然後，我可能會再掐死孩子，烹煮貓咪，斬斷僅賸的九根手指、十隻腳趾……

（我得再理光頭髮，回到那個美麗的城堡，繼續織就十三雙，或者更多的毛線手套？）

沒救了。

我還有多少個三年呢？再重新來過，阿立又要把房子賣掉，把車子換成積架嗎？從那兒開始呢？重新投胎吧！怎麼會變成這樣呢？

我抬起頭，舞台上空無一人，只有正在瞌睡的黑熊鋼琴和閃閃發光的霓虹燈，我四下張望，酒吧裡靜悄悄的，不見半個人影，吧檯像廢棄的車站一樣，只排列著酒瓶和玻璃杯，連牆上的鏡子都消失無蹤……

我虛弱地闔上眼皮，勉強再睜開眼睛，周遭一片幽暗，耳朵裡塞滿了巨大的啜泣聲，我蹲坐在冰冷的石板上，眼前赫然出現自己的墓碑，倏地成千上萬隻螢火蟲飛來，星星點點圍繞著我發光……它們身體裡發出細微的聲響，仔細傾聽，原來是莫札特的安魂曲。

我終於徹底閉上眼睛，放棄掙扎，順便關上我太過敏感的耳朵，就這樣吧！自行包紮成木乃伊，靜靜等待瘋狂或死亡的小妖精將我拖走。將我吞沒。

就在我幾乎要灰飛煙滅的時候，小妖精拉住了我的手。

我的左手被另一隻冰涼的手掌覆蓋著，那手伸出細瘦的指頭插進我食指和無名指間的缺口，緩緩地來回抽動。

我的身體像被九十九隻非洲大象集體踩過的薄冰層，剎那間碎裂成千萬個破片。發出了嗶嗶剝剝，極好聽的聲音。

（那聲音，像極了她的）

（歌聲。）

●

「可以清醒了，我的睡美人。」

額頭上不知被誰啄了一下，我睜開眼睛。

是阿菲。是在迷宮。和原來一模一樣。眞的？

「我被誰催眠了嗎？」

我說。（如果是她，那麼麻煩再來一次吧！這次無論如何我不打算清醒了。）

「等我很久了吧！」

她沒有回答我的問題，拉開椅子就在我身旁坐下。

「我第一次做愛是十五歲。隔壁班的女孩子用兩隻手指插進我的陰道，我的頭腦一陣暈眩，那兒流出血來。

「她一面舔著那沾染鮮血的手指，一面脫下我的襪子，她臉頰紅紅嘴唇也好紅，露出舔食巧克力冰淇淋一樣陶醉的神情，之後，她將手指塞進我嘴裡，哇，眞是鮮美。」

她說，「那是愛的滋味。」

阿菲睫瞇著眼睛像催眠師一樣喃喃對我訴說，她一手端著裝滿紅色液體的酒杯；一手持著燃燒著的菸。她說：

「要不要來一口？」

我接過上頭寫著555的香菸和紅澄澄的杯子，雙手微微顫抖。（爲什麼對我說那種話呢？）

我仰頭喝了一小口，甜滋滋的，滑過喉嚨時卻變得辛辣，吞下肚後像有座迷你型火山在噴發岩漿。

「那血，就像這樣嗎？」

我問她。（曾經，我看見大量的鮮血自手掌湧出，溫熱腥甜，我眼睛裡頓時瀰漫著紅光，那血液像音符在我身體裡跳躍著，血的音樂。）

「傻瓜。」

阿菲笑了。她湊過臉來舔舐我的嘴唇。吻我。

「這只是石榴汁加伏特加。

「血的滋味，有一天你會明白的。」

「為什麼是我？」

我不禁脫口而出。（為什麼偏偏找上我呢？）

（我眼睛裡再度跳躍著血色焰火，那麼熾熱、灼傷了我的眼珠。）

「因為非你不可啊！少了你，很多事都會錯亂的。」

她撫摸著我的眼皮，那其中的焰火才漸漸平息。

（可是，我自己就是個精神錯亂的人物啊！）

我像缺氧病人使用氧氣罩一樣，賣力地大口大口吸著香菸，一股股氣流湧進體內循環之後，再拚命大口大口噴出煙霧，幾次換氣行動下來，才覺得重新恢復和諧的現實感。雖然阿菲總是神出鬼沒，又老說些沒頭沒尾怪異極了的話，但我不在乎，我所需要的只是她坐在我面前，確定，眞實地存在著就好。

（或許我本身才是虛構的，我虛構自己的生命，這生命也大大地誑了我一場。）

「這一切是眞的嗎？」

我緊抓著她的手，指節太突出，手指太過細長，整個感覺不像人類的手，倒像是鳥類的爪子。（或，蜘蛛的腳？）

「我是純粹為你而存在的眞實喔！

「純度百分之百，毋庸置疑。」

阿菲一口喝光了杯裡的酒，嘴唇上沾著些微的殘餘物，她很習慣似地迅速吐出舌頭將它舔乾淨，我凝視著她，突然發現她的臉和我如此相似，簡直可以割下來放在兩個展示櫃裡貼上「實驗前」「實驗後」的標籤，以證明相同的長相經過不同的性格和妝扮所呈現截然不同的風貌。

我驚訝得眼淚都快要掉下來。

「喂，你終於發現啦！

「像在照鏡子一樣吧！阿立第一次看見我，嚇得褲子都鬆掉了呢？

「結果當天晚上就和我上床了。」

（上床？）

我聽見她的話，有種彷彿回到療養院每天早晨從床上醒來都得把零碎的頭腦一一喚醒的感覺。

「上床？你說的是上床的事嗎？」

（多麼遙遠陌生啊！彷彿聽見石器時代鑽木取火的吆喝聲。）

「是上床啊！然後性交，然後他拿出放在皮夾裡你的照片，當場就哭了起來……」

她懶懶地說著，台上響起了小喇叭的聲響，她轉頭把酒杯朝台上搖晃了兩下，那樂手收到訊息後便精神抖擻地吹奏起〈Black Butterfly〉的音樂。

「不止一次喔！好可憐的男人，做愛技術眞是一流的，不過那只是性交而已，他滿腦子想的都是你的事。」

我也是啊！

「什麼？」

「我想要你啊！第一次看見照片就想了。」

（我的頭像被硬擠進小喇叭裡用力被吹奏著一般，發出不規則的轟隆聲，還帶著金屬片加熱後的臭味。）

「我想吐。」

我勉強湊出一句話，那聲音聽來好陌生。

「吐吧！你可把半瓶伏特加都喝掉啦！」

阿菲用力拍拍我的背部，我眞的就吐了。

（都亂掉了！什麼時候我一向點的馬丁尼卻變成啤酒，而啤酒竟又成了伏特加？我坐在這裡和長相跟我幾乎一模一樣的女人喝酒、接吻，之後卻聽見她說和我丈夫上床的事？）

（完了，非去山上織手套不可了！）

●

「你是經由我的欲念直接成形的孩子。」

媽媽說。

我的媽媽。她不緊張、生氣的時候，實在是個相當溫柔美麗的人。（很可惜她有百分之九十的時間都陷溺在酒精和狂暴不安的烏雲裡。）

有幾萬光年那麼長的時間裡，我吸著自媽媽嘴裡噴出的酒臭味繼續彈著鋼琴。彷彿蛻了好幾層皮。

她從不曾打我。雖然性格暴烈，事事求全，但因爲她深信一個偉大的鋼琴家除了精湛的琴藝，仍需有完美的外貌（身上絕不可留下任何疤痕），氣質、學識、談吐、身材、面容，都要是最優秀的。

（可是我每天早晨洗完臉照鏡子時自己都會嚇一跳。許多次握著壓扁的牙膏管子都好想哭呢！）

失去了現實感。

是這樣的，白天，她梳著高雅的髮髻，穿上已過時但洗燙良好的絲質洋裝，在屋子裡忙來忙去；擦拭每一件家具、桌腳、椅背，每一只碗盤、器皿，跪在地上撿拾掉落的髮絲、灰塵，她甚至把全家人的內衣褲放進鍋子裡煮（所以我和兩個姊姊總是穿著失去彈性的內褲，成天擔心褲子會滑下），水果都得用熱水燙過才能吃（那些熱呼呼的蘋果、破皮的葡萄、稀爛的香蕉……），最精采的節目是教我念書和彈鋼琴（簡直像馬戲團訓練灰熊跳舞一樣。）

集三千寵愛於一身的我，在姊姊妒忌的眼光下穿著漂亮的衣服、梳兩支結實的長辮，端坐在鋼琴前，心裡爬滿了螞蟻，連眼前都跳動著長翅膀的小黑點子，那些早已熟稔的音符像跟我作對似地四下奔逃，如果再不趕緊抓回來我就糟了。

我彈琴。爲了她而彈，爲了恐懼而彈，更爲了血液裡跳動的那些瘋狂粒子而彈。

（是我欠她的。）

「你是我的。」

她拉扯著我的辮子像揮舞長鞭，她搖晃著我，不停地呢喃。

「你是我的。

「唯一的希望。」

（我欠你，是我欠你的。）

夜裡，她披散著長髮，不停地走動，一遍又一遍擦拭鋼琴，自言自語，並且喝酒，大聲唸詩。

白天是拿著高腳水晶杯很優雅地喝，夜裡則抱著酒瓶，恨不得鑽進去洗澡似地喝。

（我親愛的孩子請給我你的鮮血

你的青春你的美麗你的

頭顱。）

（你是我手掌裡綻放出的花蕾）

（你是我眼神盼望成的彩虹）

（你是我的夢）

她在夜裡鑽進被窩裡抱著我睡。

她把詩寫在有茉莉香味的紙上夾進我的課本裡。

她用無以名狀的深情、哀傷、憤怒、恐懼，將我完全覆蓋，我心甘情願放棄一切只求換取她片刻的寧靜。

（我是Ｋ２３０９。）

（是媽媽鍾愛的小寵物。）

（一架鋼琴。）

（誰也救不了誰。）

（都是瘋子。）

●

我夜夜向迷宮走去。

（夜的迷宮，一旦進入便無法自制，腳步停不住，至於是前進或後退卻不可得知，到後來，甚至失去了腳的形狀和重量，從腳跟、腳掌、腳踝、小腿、膝蓋……漸漸往上，逐一變成透明，直到整個身體都變透明。

直到完全融入迷宮的鏡子裡……）

我拖著被酒精和囈語浸泡過的身體回家，耳中仍迴盪阿菲的話語，她的聲息像水蛭吸附在我的身體裡竊取我的血液，我一步一步爬行，滿腹欲火只想撲向屋內那男人的身上。

「我要你。」

（阿菲是這樣要他的嗎？）

我迫不及待地剝卸阿立的衣物，動作乾淨俐落。

（可憐的男人，做愛的技術眞是一流的。）

我凝視著這被阿菲愛撫過的身軀，彷彿才鍍金過一般通體明亮，我透過阿菲的眼睛看他，眞是冷落他太久了，如今竟顯得這般令人垂涎……

我吸吮著他，在他噴喘的氣息中感受到痛苦和狂喜，我要一分一寸地將他鯨吞蠶食，絕不遺漏一小片阿菲的痕跡。

「我等你好久了。」

阿立的聲音充滿火焰。隨著他的舌尖點燃我的記憶。

（其實他滿腦子想的都是你的事。）

（只是性交而已。）

就性交吧！阿立，把這三年來該做沒做的全部做完，盡可能的，無所不用其極的，極盡荒唐、怪誕、可怖的，無比溫柔、甜美、繾綣的，和我性交。

再性交，直到全世界的鋼琴都粉碎爲止。

雪白的精液一次次從鍵盤中噴出，濡濕了我的手指。

（阿菲。）

（我看見了。）

（那一模一樣的面孔中同樣癡狂的表情。）

「我想看你和阿菲做愛。」

我對著天花板說話。原本仰臥著快要睡著的阿立嚇得彈跳起來。

「你說什麼？」

他滿臉通紅，右邊臉頰有三處青紫。

「我都知道了，眞的好想親眼看看。」

我輕含著他的大拇指，再一次情欲僨張。

「不是那樣的，你知道，她的臉。

「和你好相像……我控制不住自己……」

他好驚慌，聲音都嘶啞了。

「我知道，幾乎一模一樣，那張臉。

「驚醒了我。」

（我眞的好想彈鋼琴。）

「阿菲是個很棒的女人。

「但我愛的是你，我愛你……」

我及時摀住了他的嘴，

「噓，不要說那個字，那會讓我感傷的。

我只想和你做愛，透過你的身體，遇見她。」

（我想和她做愛。）

「你瘋了？不要胡思亂想。」

他緊抓著我的肩膀，拚命搖晃我。

（許多年以前她也是這樣搖晃我，大聲叫罵我，哀求我，我的心都碎了。）

「和我做愛吧！求你。」

（阿菲，和我做愛吧……）

（不要一次又一次消失。）

他鑽進我的陰道，那深邃無底的迷宮，足以融化一切的迷宮，我埋葬了自己的中指。自己的孩子。

「說說你們的事吧！她的乳房漂亮嗎？」

「她高潮的時候唱歌嗎？」

「你能讓她哭嗎？笑嗎？尖叫嗎？」

……

「她會濕嗎？很濕嗎？」

「她說謊嗎？她喜歡口交嗎？」

「她像我嗎？」

「她喜歡我嗎？」

（我看見滿天都是飛舞著的蝴蝶，我和阿立翻滾在柔軟的草原上，阿菲的聲音在風中飄揚。）

（我們三人，密密地交合。）

（交合著。）

●

那天以後，我依然到迷宮去，阿菲卻消失了。

起初，阿立尾隨我而去，一連三天，我們靜靜地喝酒，聽白氏兄弟很悽涼似地輪流演奏著，直到九點半，確定阿菲不會來了，我們才相依爲命地手牽手走出迷宮，回家之後很激烈地做愛，阿立像要把身上所有的精液一滴不賸全部榨乾似地和我做愛，我則像辛勤的銀行出納員，分毫不差將它全部存入體內。

我們因阿菲而彼此接近，因談論阿菲而重新發現對方。

（我必須等她，等她出現。）

之後，阿立回到他的軌道，上班趕工，下班應酬，我則固守著缺少阿菲顯得好冷清的迷宮，守著那兩隻患了相思病懶洋洋的白老鼠。

繼續我的旅程。

大約十天的時間（像過了一世紀那麼久），我獨自穿越那鋪滿鏡子的隧道，途中幾度停下來張望，彷彿看見阿菲的臉四面八方向我逼近。（伸手去摸卻空無一物。）

我甚至買了包555香菸，點燃那菸彷彿聞嗅著她的氣息。潔白的菸身像極了她的手指。

我獨自搜尋。

阿菲消失的期間，我給自己找了一個屋子。

地點在迷宮和我家的半路上，比起我住的大廈簡直像貧民窟的地方，樓下是間小小的打字行，二樓隔成三間小套房，我租下有落地窗陽台最小的那間，月租是十杯馬丁尼的價錢。面對社區的小巷子，城市的背面。

房間裡只有一張單人床、地圖書桌、三和牌布衣櫥（上頭畫有史奴比和查理布朗），地板上有一座墨綠色的電話機。天花板上一支光禿禿的日光燈。如此而已。

非常簡單、明亮的地方。

許多年來我一直想要的就是這樣一個屋子。沒有中庭花園、健身房、游泳池、聯誼中心和三溫暖，不需要刷卡、請菲籍女傭、大廈管理員，更不必鋪上桃花心木地板、義大利沙發、裝上按摩浴缸……我需要的只是一個小屋，安頓我千瘡百孔的身軀，和疲憊不堪的心靈。

只是照著紅單子打電話，走幾步路看房子，花不到看心理醫生二分之一的錢，就擁有了這個地方，這麼簡單的事，以前怎麼做不到呢？

每天下午兩點，我來到那屋子（原是我上成長課程、看心理醫生，或到美容院洗頭修指甲的時間），我站在落地窗前，看著地面上的一切，許多人在巷子裡走動，有個小孩經常騎著三輪小車搖搖晃晃地經過。兩隻狗到處找東西吃，一隻花的、一隻白的。除了小孩和狗，就是幾個中年婦人和老人。各式各樣的老法，健康的、虛弱的、溫和的、暴躁的、好看的和不好看的。

下午四點半起，有人在彈鋼琴，彈拜爾和哈農，經常挨罵，天分不太高的孩子，像是媽媽之類的女人生氣時會說：

「方淑華，你是豬。」

（唉，多麼熟悉！）

我通常會待到五點十分左右。這段時間，我抽三根菸，喝掉一瓶礦泉水配半包蘇打餅。思念阿菲十到十五次。用九根手指在空中陪那孩子彈拜爾和哈農。（消失的中指和消失的阿菲一樣，以純粹意識的方式出現在我的演奏中，隨著香菸的煙霧彌漫了這屋子。）

我白天在小屋，夜晚在迷宮，阿菲不在的期間，我繼續活著，以她所期望的方式。活著。

●

我曾經和彈鋼琴的大白做愛。（白氏兄弟長頭髮沒有鬍子比較高瘦的那位。）

大約是第九天（找到房子後四天），我到了迷宮，舞台上只賸他一個人，那晚他展現了極爲可觀的鋼琴絕技，至此我才知道阿菲和小喇叭一向淹沒了他的才能。

中場休息的時候，他來到我身邊。

「你今天彈得相當好。」

我看著他的臉，（他臉上有數不清的皺紋，近看像抽象畫似的。）忍不住想讚美他。

「是爲了引起你的注意特別努力的啊！」

大白說話時一直旋轉戴在手上的戒指，上頭銀色的小蛇像在跳舞一樣。

「阿菲去那兒了？」

我問他。

「沒有人知道。她原本和小白住，不知怎地就不見了，急得他四處找，今天還下南部去找。

「我看是時候到了。」

「什麼時候？」

「很多事到後來都會消失的，這是定律！

「你和我都不例外。銬上腳鍊鎖進櫃子也一樣，會留下的只有少之又少的東西。」

說著說他拉起了我的左手，放到距離眼珠子五公分左右的距離看了又看。

「會留下的，比如說傷痕是嗎？」

我說。良好的外科手術之後的傷痕，完美的像那兒從來沒長過手指一般。

「除了傷痕，還有缺口。」

他對我微微一笑，露出尖尖的，很像貓的白牙齒。

「想看眞正精采的演出嗎？不收門票的喔！」

他拉著我的手站起來。

那晚，我在迷宮的儲藏室體驗到了以精湛琴藝的手法，所展現的性愛之美，我的身體在充滿咖啡豆和舊家具氣味的狹小空間裡，做出了超越人體工學的種種高難度姿勢，伴隨著他以口哨吹奏出的音樂，許多次地達到高潮，那其間我反覆地記起媽媽的事，也曾經因爲聽見鋼琴呻吟的聲音而輕輕地啜泣著……

（華美的演出。）

（以身體彈奏的樂章。）

●

我常常想，媽媽或許是死了。（早在我結婚那天她就死了，或許更早；在她懷孕而必須結婚那時，就等於是死了。）

幾次鼓起勇氣想問阿立媽媽的去處，轉念一想，她見了我或許會更失控吧！也就作罷。

阿立這些年來一定妥善地照顧著她吧！（至於她悲傷空洞的心誰也照顧不了。）

有許多事我是無能爲力的。（爸爸去年已經再婚，姊姊們早就嫁人了，她獨自一人，繼續與瘋狂作戰。）

無能爲力。

我的貓。（十二歲那年，爸爸撿回來渾身是病的小白貓，右眼像挨了拳頭似地長了一圈黑毛。）

爲了牠不知挨了幾次罵，不知怎地，那團柔軟異常的毛茸茸小生命，是那樣深深地吸引著我，許多次我將牠放在琴椅上，聽著牠呼嚕呼嚕的打呼聲一邊練琴，就充滿了我是爲了自己而活，爲了自己才彈鋼琴的幸福感。

彷彿是爲了鼓勵我活下去的小貓盤據著我的心。

那天下課回家，我找遍了屋子內外沒有看見貓。

最後在院子裡發現牠。

乾燥的冷風中，貓像凋謝的花一樣吊掛在樹枝上，略微搖擺著，我注視著那團白花花的物體，黑眼圈裡的眼珠子突出大半顆，我一直瞪著那失去光澤的眼珠感覺到骨頭好痠疼，被倒吊的彷彿是我的靈魂，而暴露在空氣中的眼珠則是我全身的骨頭……

爲什麼呢？（雖然很頑皮，也不至於自己爬上樹吧！）

碰一聲窗子打開，自窗口探出媽媽的臉，臉上洋溢著幸福的笑容，近乎殘酷地微笑著，她像等待喝采一樣地望著我。

「你死心了嗎？」

近乎耳語的聲音，她一再地說。

「死心了嗎？」

「死心了嗎？」

我聽著那話語禁不住當場嘔吐起來。回頭看見站在門口的爸爸和大姊，他們帶著極同情的表情像寫著「關懷生命，心中有愛」的宣傳海報一樣望著我。

我知道沒救了。這是我的命。

（我死心了，拿去吧！）

（我的身體、我的心、我的生命我的靈魂。）

（你有用到的，凡是可以令你滿意令你快樂的。）

（全部都拿去。）

●

直到第十一天晚上八點二十三分。

八點二十三分，我喝完第二杯馬丁尼，臉上掛著像湯姆克魯斯那種招牌笑容的服務員向我走來。

「對不起小姐，櫃檯有您電話。」

（舞台上灰頭土臉的小白正吹奏著查特貝克的〈It Could Happen to You〉，彷彿宣告各種荒誕不經的事都可能讓我們碰上。）

是阿立來催老婆快快回家吧！再等下去也是浪費時間浪費金錢，傷害腸胃又傷了心而已。

「喂，是我。」

（你馬上到外頭來，門口有輛白色計程車，車號「OT2309」，他會帶你來找我。）

（OT2309？）

是阿菲。她沒等我開口就掛掉電話，雖然一頭霧水，但我還買單走人，門外眞有她說的那輛車。

計程車開了二十五分鐘，一共闖過三個紅燈，轉十三次彎（其中八次集中在最後五分鐘），閃進幾乎只有一輛車加一隻狗的寬度的窄巷，司機一邊聽著流行歌曲一邊很愉快似地轉著方向盤在巷子裡打轉。

（那種彎曲、迴旋的方式，像極了迷宮，如果坐在直升機裡往下看我坐的這部車，果然就是一隻小白老鼠了。）

「安全抵達終點！」

司機有點得意地說。

我們停在一家叫「開心麵包」的小店前。

阿菲蹲坐在店門口抽菸，T恤牛仔褲，衣服上畫著三隻戴著墨鏡的老鼠。

她抓住我的手，一言不發地往店裡走，收銀機旁的伯伯對我點點頭，打開一個小門領我們往裡走，裡頭很陰暗，只有牆邊一盞五燭光的小夜燈虛弱地亮著，我們摸索著爬上似乎是木製的樓梯，一共四十五級，到第三十六級時轉一個大彎，才像得救了似地一片光明。

（什麼詭異的屋子啊！那麼長的階梯，每踏一級，便像踩在死人骨頭上似的咔啦咔啦作響。）

我眼前出現了極寬敞的客廳，雖然老舊卻是五十年代那種富麗典雅的擺設，像是醫生或中學校長那類的人所擁有的屋子。

（粉白牆邊矗立著白色的龐然大物。）

我看見了鋼琴。Ｋ２３０９，是我的大白象。

我轉頭看著阿菲，她雙手抱胸神祕地對我笑著。

「沒錯吧！可花了不少工夫才找到的呢！」

我不自覺向它走近。

（怎麼會這樣？）

它就在我面前，伸出手掌就可以觸摸到。好久不見了，我的大白象，它好像瘦了些，牙齒也泛黃了，老愛打瞌睡的毛病一定更嚴重了，不過身體還是雪白得好漂亮。

（以爲你跌進海底淹死了呢？）

我將頭輕輕在琴身上摩擦，它很害羞似地微微顫抖。

（這幾年來，發生了不少事。

我都變傻了呢！）

手心輕貼著光滑的鋼琴身體像觸電似地亢奮不已，我花了約五分鐘的時間以指尖和舌頭撫摸它、確認它，也讓它同時逐漸記起我。

原來一直空著的地方，缺少的是對它的情感。

純粹是我自己和鋼琴的私事，不干媽媽、不干音樂學校……任何人的事！

「彈彈看吧！好不容易才見的面。」

阿菲不知何時來到我身後，吻了我赤裸的頸子。

「不行，手指沒辦法配合了。」

我看著形狀變成沙拉叉子那樣的左手，忍不住搖頭。

「笨蛋！賸下一根手指也能彈啊！

「何況還有九根呢！」

她握住我的雙手將它們放到琴鍵上。

「眞的可以嗎？」

我有點害怕。（大概連 Do Re Mi 都彈不好了）

「當然可以！只是彈鋼琴，又不是比賽誰的手指多？

「不要忘記，這是為了你自己而彈的，不是為了什麼無聊的偉大音樂家頭銜！

「如果不能彈，老伯伯就沒道理把鋼琴送給你啦！」

「鋼琴要送給我？」

我吃了一驚心臟差點嚇停。

「是啊！當初也是一毛錢不花就接受了這架琴，那個年輕人說是怕刺激了住院的太太，只要肯好好練琴的孩子就免費送給他。可惜那孩子去年暑假出國去了。」

老伯伯說話了，很沉穩有力的聲音。

「我看真正需要這架琴的人是你噢！

「不要再逃避囉！它在這兒一直顯得很寂寞。

「還是讓你帶回家好些。」

他走近我身邊伸出雙手在我眼前搖晃。

想不到，他一共才六根手指！左手兩根，右手四根，好像卡通圖案的石頭麵包一樣奇異腫胖的雙手。

「如果真的介意手指的事，有空請來吃我做的麵包吧！你會發現麵包的滋味和手指多少沒有關係喔！

「重要的是要用心去做。一心一意想做出讓客人吃了會懷念的麵包，光聞到麵包的香味連自己都覺得感動，就算成功了。」

（重要的是用心去做。）

（可我的心到那去了？）

「再回到迷宮來唱歌吧！少了你，大家都好寂寞。」

阿菲陪我走出彎曲的小巷，我心裡洋溢著麵包的甜香，白象含情脈脈望著我離去的眼神一直停留著，我也不斷想起老伯伯的六根手指。

「只要你呼喚我，什麼地方我都會出現的。」

阿菲的笑臉在月色中顯得那樣皎潔。

「如果想做愛的話，也可以嗎？」

我望著腳上的皮涼鞋，腳趾很膽怯似地脹紅了。

「當然可以啊！

「不過，時間還沒到。」

阿菲攔了計程車讓我坐，我打開車門坐上去，心裡突然升起如果現在分開就再也見不到她的惆悵。

（究竟要等到什麼時候？）

（不會又消失了吧！）

「沒有所謂的『做愛時間表』喔！

「時候到了自然會通知你的。」

她塞給我一大袋麵包，伸出右手的大拇指讓我吸吮了一會，然後關上車門，消失在黑暗中。

（時間到了會通知你的）

我突然好想見她一面。

（我的媽媽。）（她還彈蕭邦嗎？）

時間到了嗎？

●

這麼容易的事。

只是在做完愛之後，輕輕地問一聲

「媽媽在那裡呢？」

阿立有點吃驚，但還是心平氣和地回答

「在東部的山上啊！我每個月都去看她，還買了新的電視和錄放影機，她喜歡看日本卡通。」

「明天想去看她可以嗎？」

「沒問題吧！不過，要有心理準備喔！」

（準備什麼？防彈衣和鋼盔嗎？）

「還在療養院嗎？」

我說。（那種療養方式對她一定沒用，平白花了阿立許多的錢。）

「不是療養院，是安養中心，像私人俱樂部一樣，很多名人的家長都住在那兒呢！」

「那還要準備什麼？」

（情況會比發瘋還糟糕嗎？）

阿立做出相當語重心長的表情，拍拍我的背，用比平常溫柔十二倍的聲調說

「不過，她現在除了櫻桃小丸子，誰都不認識了。」

（誰都不認識了。）

不認識了。

●

飛機在天空飛翔，天空臉色灰灰心情不太好的樣子。我在飛機裡，緊抱著提袋裡的三個麵包，心裡很緊張。

換了一次公車，再搭四十五分鐘計程車，來到那個安養中心。簡直像世外桃源的地方，風景依山傍水不說，建築物設計得更是古樸雅致，可惜的是四周都彌漫著濃稠的孤寂氣氛，一進入這兒，心裡便染上了薄薄的一層悲傷。

我看見了媽媽。

電視機裡的小丸子正在唱歌，她的臉距離螢光幕不到五十公分，從背後望去，整個人彷彿縮小了似的蜷在籐椅裡，頭髮剪得很短，也賸下不多了。

（果眞，大家都變了。）

「大部分的時間都在看錄影帶，對眼睛好像不太好喔！不過，這樣一來倒顯得平靜多了，不像從前老是哐噹哐噹亂彈鋼琴、摔東西，吵得大家都受不了。」

穿著白制服二十歲左右的護士陪我來看她，長相滿清秀的女孩，我說起這麼年輕願意來這種地方服務眞不容易，她回答說

「這裡待遇好，又安靜。我喜歡老人，老人很乖。

「不過你媽媽是最年輕又最漂亮的一個。沒想到她會來這種地方，以前還說話的時候，她說是個鋼琴家，彈起鋼琴還眞好聽呢！可惜現在不行了，除了看小丸子，什麼事都做不好……」

（她說是個鋼琴家。）

（誰說不是呢？）

護士把媽媽從椅子上抱到床上，餵她喝了點牛奶，就先出去了。（好奇怪她怎麼有那麼大的力氣？）

「媽媽我來了。」

我對她說。窗外是個很漂亮的庭園，她一直瞪著園裡的大樹，樹下躺著黃褐色的大狗。

她不會回答了吧！我拉開椅子坐在她旁邊，拿出袋子裡的麵包一小片一小片撕來吃。

「麵包的味道很棒喔！是一個只有六根手指的老伯伯做的。要不要吃一點？」

我撕了一小片，塞進她嘴裡，她只是含著，嘴角留下一點點口水。

「有一天我拿菜刀斬斷自己的手指，還扔進馬桶沖掉了！其實眞的好痛哇！也不知道爲什麼，差不多從很小的時候就一直想這樣做，恨不得把十根手指都斬斷，剁成肉醬丟進垃圾桶裡去。……」

我不停地說話。吃完一個麵包之後，走到窗檯邊的鋼琴旁，這時我才發現她一直看著的，是鋼琴蓋上散落的三根頭髮。（眞是老毛病不改。）

「這種小事只有你會注意的。」

我輕輕拂掉那三根髮絲，然後掀開琴蓋，拉出琴椅坐下來。

「我還是好想彈鋼琴，比從前更想了。

「你知道爲什麼嗎？」

（沒有回答。）

「因爲鋼琴就是我的心啊！如果有誰溫柔地在上頭撫摸，我就會不斷發出好聽的聲音。

「你一定也是吧！只是用錯方法而已，不是故意要傷害誰的，我明白。」

我小心翼翼地按下琴鍵，手指碰觸到冰涼的鍵盤，感動得都快融化了……我記起第一次彈鋼琴的那個午後，彈的應該是〈小星星變奏曲〉吧！亂七八糟的指法是自己想出來的，不，其實是鋼琴本身呼喚我的。我再次將手指交給它，全心全意投入那神祕的盒子裡……只有九根手指，我一樣可以找到音樂。

（生澀、笨拙、頻頻中斷的樂章，那不正是我和鋼琴最初的對話嗎？）

（如今又重新來臨）

「很多事都不一樣了！」

曲子彈完，我將她從床上扶起，背靠著床頭坐起來。仔細端詳她的臉，竟沒有些許改變，那種令人屏息的美好是與生俱來學也學不會的，她張著空洞的眼睛看著我，眼神裡卻沒有一絲絲漣漪，也沒有我的倒影。

（至少她終於得到了平靜）

「記得以前你常罰我吃鳳梨嗎？彈錯一個音就罰吃一片。

「姊姊都好妒忌我，卻不知道那對我而言好像毒藥一樣呢？只有你知道我對鳳梨的恐懼，簡直到了歇斯底里的程度，才採取了這種奇特又有效的懲罰儀式吧！

「那時候好可憐，常常躲在衣櫃裡哭喔！

「可是現在想哭也哭不出來了……，好懷念你溫柔又殘酷的愛啊……」

我從不曾對她說過什麼心裡話，（對誰都沒有吧！）想不到第一次推心置腹卻是在自言自語。

這樣也好，不要再繼續被那些無聊、瘋狂、亂七八糟的念頭折磨了，誰稀罕變成偉大、完美的人呢？

「媽媽。」

我低聲呼喚她。（媽媽媽媽）

「我想再像小時候那樣。」

我伸手解開她的釦子，一顆一顆輕輕解開，衣衫之下有微微的震動。

「我想再吸吮你的乳房，直到入睡……」

我眼前呈現的是一雙已皺縮、乾癟、下垂的乳房，失去了彈性的胸乳仍散發溫暖的氣息，黑褐色乳頭分泌不出乳汁，卻仍沁出暖香。我撫摸它們，一一親吻著、吸吮著，溫柔的、貪婪的、飢渴的、狂熱的，吸吮著那幾乎熄滅的生命，沉入無比寂靜的快樂之中……到達喜悅的高潮。

（奇妙的音樂自我的下體湧出。）

（源源不絕……）

●

下飛機之後，我直接奔向迷宮。

時間是晚上十一點整。舞台上是另一個四人組的樂團在表演。

阿菲坐在我常坐的那個桌位。

「我見到她了。」

我說。（你聞，我身上仍殘留著她的體味。）

「還彈了〈小星星變奏曲〉。」

我再說。（我以九根手指的突兀技法變奏了八次。）

「我都知道。」

阿菲說。她抓起我的左手從桌底下滑進她的棉紗薄裙，一共三層，翻山越嶺爬到她的雙腿之間。

（她沒有穿底褲。）

（那凹陷處正汩汩冒出山泉，吞蝕了我整個手掌。）

「時候到了嗎？」

我再也無法按捺。（快給我吧！）

她抓起我的右手塞進嘴裡用力咬著，我知道答案了，她緊咬住我的手掌避免自己大聲嚎叫出來。我全身關節吱吱作響，膝蓋彼此摩擦出火花，恨不能立即鑽進她的體內大肆侵略廝殺……

我的手掌滴出了血，血光迷濛住我的眼睛……我們幾乎是連滾帶爬地逃出迷宮，然後彼此交纏著鑽進她的車子裡，她踩盡油門，在高潮的尖叫聲中車子直線射出，直射向黑暗的最深處……

自此，不分晝夜，狂歡不休。

（輾轉翻覆在肉體的迷宮中。）

（不再尋找出口。）

●

（肉體迷宮）我的小屋。

整夜我們都不曾離開對方的身體，連上廁所也彼此擁抱著鬧進浴室，互相濺灑著黃澄澄的尿液把身體淋得一身騷味……我們扯下窗帘當被單裹在身上躺在陽台昏沉入睡，清晨的寒意將我們驚醒，我們忍不住又交歡起來汲取體溫……然後我陷入好深的睡眠裡。

（她完全是我想要的樣子，從肌膚的溫度、陰毛的色澤、性器的形狀……到呻吟的方式、翻滾的動作、愛撫的技巧、高潮的反應……無不緊密貼合著我的記憶，她像是我年少起失落的一部分，穿透她的身體，我尋覓到遺忘多年的記憶。）

我醒來時，小屋已儼然成爲樂園。

（不知道她怎麼辦到的？）

原本像空餅乾盒似的房子，如今像巫婆的糖果屋一樣，牆邊堆滿了各式各樣的罐頭、泡麵、餅乾、吐司，啤酒堆得像金字塔，伏特加、威士忌像展覽會一樣琳瑯滿目，屋子每一個角落都擺著大大小小的酒杯，裡頭插著數不清的玫瑰花，地板上堆著軟綿綿的枕頭、被單……更驚人的是還有一隻正拚命啃著乳酪的白色小貓。

「我錯過什麼了嗎？」

我揉揉眼睛簡直不敢相信這一切。

「差不多把錢全部花光囉！有不少東西還是偷來的。」

阿菲迅速的脫光衣服跳到我身上來，舌頭像小蛇一樣滑溜溜的。

「把這兒搞得天翻地覆也沒人會管嗎？」

（我好驚訝自己怎會有如此旺盛的性欲？）

「當然啦！這裡是世界的邊緣，任何人都進不來的。」

阿菲拆解了我的頭顱、四肢，隨意地把玩拼湊。

「世界跟我們算是沒關係囉！」

我說。（阿立、花園大廈及賓士三〇〇，都留在那邊，不要了。）

「這兒就是我們的世界。

「只屬於我們的，不可替代的世界。」

我們繁衍出無數的小妖精，興高采烈的盤據這小小的屋宇，剎那之間就把現實搗個稀爛粉碎。

還原成兩隻獸，古老而狂野的獸。

●

多少個日子過去了？我不知道。外面的世界發生了什麼事？我不清楚。

這期間，電話響過兩次，是打錯的，（阿菲索性把電話線扯斷），門鈴響過三到四次，我們沒有理會。

外頭下過一場雨，整整下了一夜，雨水從沒關緊的窗戶滲進來，阿菲砰一聲把窗子推開，抱著我滾到陽台上，就著傾盆的雨水將我徹底吻遍。我們又冷又濕，熱情卻有增無減，她在雨中把玫瑰花瓣撒滿我的身體，然後狼吞虎嚥吃光那些花瓣也舔盡了我。

眞是酒池肉林，荒淫至極。

在性愛的方面，阿菲算是天生的藝術家。她平板細瘦的身軀散射出驚人的精力，我則像患了夢遊症的病人，睜著眼睛享受這魅影夢境。（這裡是世界的邊緣了，爲什麼卻顯得無邊無際？）

我們胡亂拼湊出各種食物，站著吃、躺著吃、邊做愛邊吃。我們跳進放滿啤酒的浴缸打滾。我們拆開枕頭掏出棉花羽毛隨意飄揚。光著身子互相塗抹花生醬、奶油、鮪魚沙拉，拿起吐司蘸著就吃。

外面的世界無聲地消逝了……

我們始終精力充沛。

屋子裡一片狼藉。連貓都顯得狂亂激情，屢屢加入搶食和肉體追逐的遊戲。

（淫亂的小白老鼠。）

阿菲不知那裡弄來剪刀，把我剪了和她相同的髮型。

許多次她赤裸地和貓在食物殘渣中打架，我以爲看到了自己。她在我身體下呻吟喊叫時我以爲看到自己。她站在陽台上抽菸狂舞大笑唱歌時我以爲看到自己。……一次又一次我對著浴室的鏡子發呆我彷彿看見她。當她從我雙腿間仰起汗水淋漓的臉我彷彿看見自己……

我和她，分不清誰是我誰是她。

我們起初交換對方的姓名叫喚著取鬧，到後來竟分不出那個名字是誰的。

我們水乳交融、渾然忘我。

（在迷宮中追逐、奔跑。）

（沒有止盡。）

天明天暗、日昇日落，直到一片漆黑，黑暗中又閃著曙光，光線沒入無邊的黑暗，暗中幻影叢生。

世界崩塌在時間之外，時間粉碎在這屋宇。

我們相愛。

（是的，我們相愛，以只有我們能解讀的方式相愛。）

（相交）

●

突然間陽光變得好燦爛，我們吃掉了最後一盤貓食。（彈盡援絕了。）

窗玻璃像被蒸發了似的，金黃色的陽光直挺挺大片大片灑落進來。我們身上都鍍上金粉，光閃閃的。

我如此驚嘆於金黃色阿菲的美麗。

那種美，彷彿隨時要融化一般。

我茫然呆立。（這情景多麼熟悉？）

阿菲緩緩朝落地窗走去，走入那金光之中。

我望著她，逐漸沒入金光，直到看不見。

我眼睛被光線刺得好痛，流出了眼淚，我看不見她。

（阿菲我看不見你。）

看不見。

當我奔進那團金光之中，她已經消失。

陽光咻的一聲整個被天空吸走，我只看見呆頭呆腦的玻璃而已。（玻璃上隱約閃現我的形影。）

阿菲，煙消雲散了。

（灰飛煙滅了。）

「阿菲。」

我大聲叫著，聲音震碎了整片玻璃。

然後。

我聽見鋼琴的聲音。

（小星星變奏曲。）

猛一回頭，房間光禿禿的，什麼都沒有。

只有大白象安詳地倚在牆邊，對我微笑。

「時間到了喔！」

牠對我說。

「阿菲呢？」

我問牠。

「每個人都回到自己的位置上啦！」

大白象搖晃著胖胖軟軟的長鼻子。

「我該怎麼辦？」

（我彷彿被抽光了全身的血液似的，只賸一具空殼子在微風中左右搖晃。）

「到這兒來。」

大白象用力張大嘴巴，露出黑黑白白一大排牙齒。

我緩緩走向牠。（甜蜜的氣流向我襲來。）

「把上次那個曲子彈完。」

牠依然微笑著。

「每個人都回到自己的位置了，而我要做的只是繼續彈出難聽的音樂？」

我跌進牠好柔軟的腹部，差一點哭出來。

「沒錯，這不是最重要的事嗎？」

牠說。

（這裡才是你自己的世界。）

懂嗎？

我走進了黑白琴鍵排成的迷宮，釋放出興致勃勃的九根手指，它們像發瘋似地狂舞著細長的身軀，我感到不可思議的暈眩一波波將我圍住……

大白象很滿意似地抱緊了我。

（你聽！）

（音樂。）

我們一直擁抱著，維持那擁抱的姿勢。

（阿菲你看見了嗎？）

（那擁抱的姿勢。）

（停留在我的心裡。）

（一直繼續。）

貓死了之後

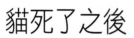

1

第十一天傍晚，打完點滴之後，貓死了。確實是得了「傳染性腹膜炎」，無藥可救。貓斷氣的情形我沒看見，爲什麼呢？我不記得。

2

連自己都養不活的人，怎麼會想到去養貓呢？

「大概是鬼迷心竅了吧！」

這是實話。

長久以來訓練自己不再接近貓了，因此每天上下班經過附近那家貓店已經可以視若無睹地快步走過。那天，恰巧在門口扭傷了腳，走太快的緣故，鬼使神差地卡在櫥窗前，可愛的貓咪就在眼前，很難抗拒啊！

一眼就看上了牠。五、六隻波斯貓、金吉拉在我面前，個個毛色發亮，渾圓滾胖，玩球的、打架的、正在洗臉的……漂亮極了，然而我眼睛只盯在牠身上，一隻毛掉了一大半的白波斯，耳朵禿禿的，趴在玻璃前，看著我。

咻——一聲，一支箭射向我，正中紅心。

說不上是什麼顏色，就像琥珀一樣的眼睛，那樣熟悉的眼神，憂傷而壓抑，是因我而受的傷……在那兒見過呢？我深深跌進了那雙眼睛裡……

於是，很慷慨地雙手奉上準備要繳的半年房租，抱著貓坐計程車時一直面帶微笑，忘記皮包裡只賸一千塊，離發薪水還有半個月呢！房東那邊呢？唉，不管了……

後來發現，牠是隻頑皮、活潑、樂觀又上進的貓，非常貪吃，半個月後毛長齊了，那樣的眼神連一次也不曾出現。

我一頓一頓吃著泡麵啃乾吐司，和房東玩躲迷藏，搶救被貓咬破的畫，早上六點五十分被貓用鼻子頂醒，還是帶著甘願的笑容起來餵牠……終於恢復有貓的日子了，不可思議的生活啊！

3

雨一直淅瀝瀝下著，今天是第幾天了呢？黑色毛衣像下過雪似地沾滿了貓毛，枕頭上一片雪白，貓躲在書架底下，不讓我接近。

愛乾淨的牠，如今，稀疏的毛上沾著藥水和飼料殘渣，乾而硬，不吃東西也不洗臉了。

不到四個月大的貓，忍受如此的痛苦。而我是無能爲力的。

強打起精神去上班，上廁所時發現毛衣穿反了，襪子也穿了不同顏色。

一片混亂啊！

4

從大學裡退下來有兩年多了吧！究竟都做了些什麼？自己也搞不清楚。現在白天在廣告社畫電影看板，晚上不是抱著貓抽菸，就是抽著菸畫畫。

一星期和男人見一次面，四十多歲，擁有兩家旅行社，非常多話的男人，大部分的時間都在賓館裡聽他說社會的亂象、人心的物化……許久才做一次愛，半年多下來，蒐集了各式各樣賓館的菸灰缸和火柴盒，國家大事也了解不少……對於這種關係感覺彷彿參加交換心得的讀書會似的。

家裡已經沒有來往了，偶爾會在報上看見爸爸的名字，是個有錢又有名望的成功人物。

開始畫畫了，貓也自不量力的買回來，託男人的福，酒也戒掉，離開酒池肉林的生活幸福美滿的生活即將展開請大家拭目以待，自言自語的習慣還沒改掉，連貓都聽不下去的無聊笑話，哎，心還是空洞得可怕，重點部分已經損傷了吧！是什麼呢？

5

據說三歲那年，媽媽去世，於是我被帶回鄉下的外婆家。

家裡有一隻叫「虎」的貓，全身都是漂亮的虎斑，我四歲時牠至少八、九歲了。夜裡，婆抱著我，我抱著虎，睡在涼爽的木板床上，寂靜中聽見婆輕微的鼾聲，虎如雷的呼嚕聲，我閉著眼睛忍不住笑起來……婆只有睡覺時才這麼溫柔呢！

生活應該算是貧窮吧！長大以後才知道的。那時，婆經常生病，不生病時就幫鎮上人家洗衣服，眉頭總是緊緊蹙著，極少開口說話。家裡有個舅舅，小時候摔斷腿沒有醫好，一直彎曲著，非常善於編織草帽，人溫和而安靜，每隔三天便一拐一拐走到鎮上店鋪裡交貨，順便帶些生活用品回來。

舅舅教我寫字、畫小人兒、畫虎，我喜歡畫畫，喜歡一筆一筆畫著懶洋洋曬太陽的虎，畫陽光下飛揚的塵埃……，那是個充滿寂寞和死亡氣息的房子，永遠一塵不染，也永遠沒有歡笑。

上學以後，因爲習慣安靜的家，連話都不太會說，被當成不好親近的人物。

那個房子裡的人，學會了不用言語來表達感情，而眞正想說點什麼的時候，才知道，已經喪失了正確的語言能力。

6

貓死的那天，綿延多日的陰雨戛然停止，天氣非常炎熱晴朗，過去十天穿著雨衣騎摩托車奔波在公司和醫院之間的情景，像夢一樣消失；雨好不容易停止，貓也死了。等不及去曬太陽。

晚上八點鐘，貓已經斷氣了。打電話叫男人來醫院。

「想坐車子，貓沒坐過一百多萬的車呢！」

男人是第一次看見牠，可惜已經不會和人玩了。

開車到了山上。

我抱著貓，男人抱著我，草地涼而軟，天氣稍微變涼了。終於不痛了吧？貓不回答我。

懷裡的貓逐漸變冷、變硬，時間一分一秒過去，最後會變成一塊白色的石頭嗎？我的胸口被壓痛了。

「讓它去吧！這樣抱著牠，會捨不得走的。」

男人的臉頰輕輕摩擦我的頭髮，十天沒洗，頭髮一定很臭，不會熏倒嗎？

「這樣好的天氣裡死去，貓會比較不孤單嗎？」

我深吸一口氣，眼淚像貓的腹水淤積進胸腔，漸漸發脹，已經衝到眼眶了加油加油，再一點點就行了。

算了，哭不出來，回去吧！

「以後不要再見面了吧！」

癱在柔軟的座椅裡，對著正專心開車的男人說。聲音太小沒聽見吧！大聲點試試。

「以後……」

話沒說完，男人突然緊急煞車，我整個人從座椅上彈跳起來。

「是因爲貓死了嗎？」

男人抓住我的手，像老虎鉗一樣緊緊咬住，好痛！

「再買一隻給你，多貴的都買。

「要養十隻也沒問題。」

貓聽見了會抗議吧！當初是自己一點一點把房租還清的，沒拿男人的錢喔！況且，養十隻的話就得買有院子附設高爾夫球場的豪華別墅了……

車子突然停在馬路上，後面的車死命地按喇叭，難聽的話一句一句跑出來。

「走啦！交通不能因爲一隻貓而癱瘓吧！」

「是啊！不過是死了一隻貓，爲什麼就不見面了呢？實在說不過去啊！」

有理！我想說，不是因爲貓死的緣故，至於確切理由還需要詳加追查。

爲什麼呢？我經常這樣問，貓趴在書桌上，搖搖尾巴，捲出優美的線條，牠抬起頭看看我，清澈的眼神裡什麼答案也沒寫。

走吧！沒有用的，再下去，警察都要來了。

7

放學回家，虎趴在舅舅的工作箱上，沒有到門口來接我。婆還沒回來。

天黑以後，婆回來了，虎喵了兩聲，依然趴在工作箱上，婆過去抱牠，牠不肯離開。

「虎，別等了，他不會回來了。」

婆的聲音哽咽著，轉身走進廚房煮飯。

舅舅原來是死了，中午到鎮上交貨，為了撿拾掉落一地的草帽，讓卡車撞死了。

婆一直沒哭，我也沒哭，房子裡更顯得冷清了，而裡面住的人，是不懂得哭泣的。

過了幾天，虎突然不肯吃東西了。

那年，我十二歲，虎幾歲了呢？外婆也記不清。牠以驚人的速度飛馳在屋頂、在牆頭；喜歡看鄰居的狗發怒狂吼的樣子，並以驚嚇院子裡的雞爲消遣；每天捉三隻老鼠，屍體完整地掛在牆頭，咽喉上留有齒痕和血漬；除了吃血，還喜歡啃骨頭。

高興時便跳進我懷裡，用鼻子摩擦我的臉頰，鑽進領子裡呵人癢，很愛撒嬌，然而牠一向採取主動，牠不親近人，誰也別想逗牠玩。有時明明正和你玩得起勁，突然就翻臉，昂起頭兀自跳開，不管你的笑容還凝在臉上，雙手依然維持擁抱的姿勢。

連續七天躲在灶邊的柴堆旁，蜷著身子，不讓人接近，連婆都不許。夜裡發出淒楚的嚎叫，白天只是瞪大眼睛，張開嘴巴喘著氣。

爲了強迫牠吃東西，我的右手掌被咬傷了，牠憤怒而驚惶地望著我手掌的血，虎想吃血嗎？來吃啊！

隔天傍晚，虎再度站在屋頂上，脊背挺直，目光晶亮，尾巴直直伸向天空，一直喵、喵叫著。

「虎要死了。」

婆握著菜刀的手不停顫抖。我放下手上的碗盤，衝進院子裡。

像一道金黃色的光芒，虎直挺挺從屋頂落下，急速下墜……

砰一聲，四腳朝天的虎，跌出滿地的血。

婆掰開牠緊閉的嘴，一支骨頭深深插進牠的咽喉，像射中靶心的箭。

虎，一定很痛吧！爲什麼這樣固執呢？

之後的日子裡，婆像洩氣的球，一點一點萎縮，很快就死了。

我守著空蕩蕩的屋子，下一個該我死了吧！來呀！我不害怕死亡，我害怕的是寂寞。

素未謀面的父親開著大車來接我回家了。

我沒有死。暮色中靜默的屋子在車輪下一點一點破碎、飛散……

8

把貓的屍體交給醫院的護士。

「骨灰需要嗎？」

護士一直撫摸著已經發硬的貓，想必極有愛心吧！

我搖搖頭。

「太麻煩了。帶回家也沒有專人可以二十四小時照顧啊！」

眞是不會說話，護士的臉都青了。

可是，那麼頑皮活潑的貓變成一堆骨灰，無論如何也不能承受啊！

多此一舉，貓抬起頭說。

沒錯，我是累了。

男人獨自開車回家的路上，會哭吧！一向感情就很充沛的男人，第一次和他做愛時，也哭了。

「怎麼會這麼年輕呢?」

放心,年輕是年輕,稍微用力點也不至於破掉。

我喜歡會哭的人。

「以後看見飛機我都會想起你。」

「拜託,搞清楚,我開的是旅行社,不是航空公司。」

男人扭曲的臉突然笑起來,好看多了,原本長得就不輕鬆啊!

「你是個奇怪的女孩子。」

男人終於搖搖頭走了。紅色的愛快羅密歐垂頭喪氣地爬行著。我是奇怪的,但是,因為女孩子說:「喂,你看,紅色的愛快吔!像不像著火的雞?」這種低級笑話,就去買了完全不適合自己年齡和身材的車子,這種男人就不奇怪嗎?簡直是笨。

不過以後可沒有笨男人肯聽我胡言亂語了。或許會很難過呢?

我胡思亂想地在大街上走著,也試著紅燈時橫越馬路,連續試了幾次都事與願違,車子太少，一時還撞不到。

來到一家像剛遭過火災，來不及清理現場，很災難性的Pub，那種慘狀正適合我這無聊透頂的女孩吧！喝醉了大睡三天也不要緊，反正不用趕回家餵貓啊！

推開門一看，這年頭，有特殊嗜好的人可眞不少。

「瑪格麗特。」

我脫口而出，舞台劇裡的誰說過瑪格麗特是永別的意思？調酒的男人對我微笑，聽不懂這麼長的中國話吧！沒關係，反正不是問你。

瑪格麗特和血腥瑪麗是瑪家的兩個姊妹花，爭奇鬥妍，都想成爲最容易把男人迷倒的美人。

杯緣的鹽巴刺激了我的嘴唇，傷口隱隱作痛，那來的傷口？是貓抓破的？或是男人笨拙的親吻弄破的？都不是，是看著貓痛得打滾時自己咬破的，很脆弱吧！

「想睡嗎？又軟又舒服的床喔！還有帥哥負責搧風按摩呢！閉上眼睛就行了。」

我聽見自己說。姊姊瑪格麗特是厲害些，才一杯，我就睏了。

睡吧！誰會在早上六點五十分用鼻子把我頂醒，吵著要吃飯呢？管他的。

9

睜開眼睛，果然躺在軟綿綿的大床上，簡直跟我的房間一樣大，我看見自己光著身子裹在雪白的被單裡，辮子也散開了，嘆口氣又閉上眼睛。

這下可好，醒在別人家裡了。

趕緊起床穿好衣服，硬著頭皮跟那個男人說聲抱歉先走了，問清楚身在何處……之類的，回家就是了！

我鼓起勇氣下床，結果屋子裡空無一人。

環顧四周，一片雪白，好熟悉的味道啊！我慢慢轉過頭想看看衣服擱在那兒？

轟隆一聲巨響，我的記憶整個炸開，床頭那雪白的牆上，掛著一張巨大的黑白照，唉，是我的臉孔。

再睡吧！不知道是跌進那個夢裡了？

忽地門打開，一隻白貓跑進來，臉頰拚命在我的小腿上磨蹭。

「貓！」

我大叫一聲，不是我的貓，不，是我的貓！唉，怎說好呢？是一隻叫阿寶的暹羅貓！

接著黑貓和花貓衝進來了，圍著我喵啊喵，我知道她走進來了……我不敢抬頭，是夢吧！我用力咬著自己的手背，哇！好痛！

「雪，好久不見了。」

我不用抬頭就知道是她。

是阿貓。

10

「好好的大學，爲什麼不念了呢？」

剛認識的時候，男人老是問我。

「就是太好了啊！」

正確地說，是學校各方面的人事物都自認爲太好了，而像我這樣的人，是不適合的。

對我來說，大學裡最好的事，就是認識阿貓。

大學念的是美術系，有錢人的爸爸對於自己生了個有「藝術天分」的女兒頗爲自豪，爲此，還在我上大學後投資了一家極有名氣的畫廊，準備將我捧紅。

他不知道，其實我是個沒什麼天分的女孩，只是喜歡畫畫而已。

大二下學期，意外地發現圖書館後面有隻漂亮的白色暹羅貓，驕傲而冷淡，人走近時，就一溜煙跑走。

我每天傍晚都去等牠。連續幾天，牠不跑走了，只是遠遠望著我，許久許久，不走近，也不遠離。

漸漸，我們的距離近了些，維持在兩公尺左右；我坐在草地上，牠也坐著，姿勢比我優雅太多了。我對著牠說話，牠靜靜凝視著我，我說生病的婆如何地拒絕醫生的診治，堅持服用自己配製的草藥；我說舅舅和虎之間微妙的感情；說畫室裡老是彌漫著驅不走的死亡陰影……自小，我只有對著貓溫柔神祕的眼睛，才變得多話。

那時，我正說著埃及人膜拜貓神的故事，埃及，那時眞是貓的天堂啊……

「阿寶很漂亮吧！」

背後傳來的聲音嚇我一跳，貓急速奔過我眼前，我回頭，一個巨大的身影逼近我。

那人抱著貓，一頭雜亂的長髮，頎長的身體包裹在黑衣黑褲裡顯得很瘦削，深邃的眼睛像貓一樣閃爍著，半瞇著眼睛看人的時候，……給我難以形容的異樣感……

「對不起，不知道是你的貓。」

「我聽見了，埃及的故事，阿寶很喜歡呢！

「阿寶喜歡的女孩一定會喜歡我的。」

這人說話怎麼這樣呢？我不安地垂下頭，地上的草都被我揉爛了。

他伸手托起我的下巴，好狂妄的人啊！我注視著他的面容，這才發現他應該是個女孩。

「帶你去看貓，一屋子的貓喔！」

她牽起我的手，我無法思考，不由自主地跟著她，內心無比驚慌。不過是個長得像男人的女孩，養了許多貓而已，爲什麼我會那樣驚慌呢？

「我叫阿貓，你呢？」

低沉的嗓音徐徐敲進我的耳膜，眞讓人混亂啊！從外表、打扮、舉止，甚至聲音，完全像我認定中的男人，然而我卻清楚的感覺到她是個女孩，一種只有女孩才能傳達的，危顫顫的細致情感像針一樣刺入我的肌膚……錯不了，是個女孩。

我一直無法言語。

11

每天八個小時待在狹小的廣告社裡，滿地瓶瓶罐罐的顏料、油漆，男人沒完沒了的葷笑話，下檔的看板像分屍般拆成一塊一塊，無論是什麼大明星，全都頭腳四肢分離地躺在牆角吃灰塵，等待被重新畫上新的影片，或丟進垃圾車運走。

我沉迷於這擁擠零亂的地方，醉心於參照海報一筆一畫不帶感情地描摹放大二、三十倍的眼珠。令人安心的環境，再也不要擔心藝術的問題，也沒有人會指責我的畫沒有價值，更不會有人努力去挖掘不欲人知的祕密……不爲什麼而畫，不爲什麼而活，眞好。

工作消耗我大量的精力，疲累不堪地癱在床上總是想，這下不會有人再受傷了吧！也沒有力氣折磨自己。

未完成的油畫靜靜靠在牆角，畫裡的孩子總是沒有嘴巴，沉靜的房舍，沾染血漬的庭院，溫柔安靜的鬼魂跛著腳拚命撿拾散落的草帽……寂寞和死亡一樣永恆地籠罩著。什麼時候才能學會正確說出內心的想法，不再因過度害怕而傷害別人呢？

貓輕盈地跳上窗檯，臉貼著窗玻璃，耳朵豎起，不安地晃動著。聽見什麼了嗎？是雨的聲音，還是我心裡的眼淚呢？我在爲誰無止盡的哭泣呢？

12

默默地走到一排老舊建築前。帶著小院子極典雅的日式平房，阿貓住在這樣不可思議的地方，也是有錢人的孩子吧！

脫下鞋子走上高於平地半公尺的通道，光滑冰涼的木板，彎曲交錯的隔間，的確是養貓的好地方。

先在玄關上看見黑貓。

「墨，一年前跟著阿寶回來的。」

推開臥房的紙門，花貓跳出來了。

「花子，無緣無故找上門來，就不肯走了。」

她伸手打開燈光，房裡突然大亮，我望著四周的情景，整個怔住了……

眞的是一屋子的貓。

牆上掛著一幅幅的畫，素描、水彩、油畫、版畫，畫裡的貓、老房子……我不自禁地上前，伸手撫摸畫布上拙劣的簽名，雪、雪，竟然是我的畫。

我呆立於連自己都遺忘的畫作前，怎麼會這樣呢？我不曾保留自己的畫，只是想畫而已，畫完就算了，我沉醉於繪畫的過程彷彿沉湎於回憶中，獨自咀嚼只有自己了解的詞彙，我記得老是有人來要我的畫，好吧！給你，沒有人會對滿是鬼魂的畫有興趣的。我像鶴妻一樣，銜下自己的羽毛織衣，爲的不是完成一件衣裳，而是想要自由的飛翔……

「難道，你就是雪嗎？」

我聞到眼淚的氣味，是我哭了嗎？我望著眼前的阿貓，像從我身體裡走出來一樣熟悉，她美麗的眼睛有滂沱的淚水。爲什麼這樣做呢？

我握住她的手，輕貼著臉頰，好溫暖的手心啊！好久沒有這麼溫暖了，你是天使嗎？

阿貓吻了我，雪片般的吻撒落在我的頭髮、眉毛、眼睛、鼻子、嘴巴，輕柔的指尖，像羽毛滑遍我的每一吋肌膚，我赤裸的身體像淋濕的小貓，在她的親吻愛撫下，不住地顫抖……是在作夢嗎？我閉上眼睛，張開雙腿，放聲大叫。

13

「爲什麼喜歡貓呢？」

因爲羨慕牠擁有我所缺乏的才能吧！譬如用舌頭洗臉梳毛，輕盈的跳躍、翻滾，隨光線變幻莫測的眼睛，抓老鼠的技術……開玩笑的，不可能去模仿吧！

羨慕貓那種自信自足，驕傲自我，從不妥協的個性，很多人說我像貓，其實錯了，是因爲做不到才羨慕的。從小，因爲不會表達情感，只好沉浸在繪畫裡安慰自己，因爲羞怯而不敢和別人相處，結果被當作高傲、自大又難以捉摸的討厭人物。

其實，只要有人肯像貓這樣溫柔又安靜地望著我，我就會滔滔地把話說個不停啊！

後來，我遇見了阿貓，她懂得我的畫，懂得我說不出口的情意，爲什麼我還是傷害了她？

14

我住進了那幢飄揚著貓毛的房子。面對庭院採光良好的起居間成了我的畫室。

阿貓念的是法文系，除了貓，最喜歡的是攝影。

「錯了，第一是雪，再來是貓，然後才是攝影。」

她拿起相機對準正在調色的我，成天嚷著要給我拍照，已經拍很多次，饒了我吧！我好緊張，長相這麼平凡的女孩，有什麼好拍的呢？不如拍阿寶，牠至少比我美一百倍。

「傻女孩，你的美在於你不知道自己美麗。你從不知道自己有多好？但世上也只有像我這樣的男人才能完全懂得欣賞你。」

她眞的把自己當成男人，我也努力告訴自己她是個男人，然而，當我赤裸地在她的愛撫中呻吟翻騰，卻沒有勇氣卸下她的衣服，她自己也不敢，我們都知道，無論外表如何的像男人，脫下衣服，她只是一個和我相同，相同的女人。

是女人又怎樣呢？我搞不懂自己，身邊來來往往的男孩沒有人令我心動過，偶爾有男孩寫些表達好感的信，或想約我出去，我就緊張得逃跑，除了虎、外婆和舅舅，阿貓是唯一走進我心裡的人，然而，我總覺得害怕，面對阿貓熾熱的情愛和模糊的性別，我簡直束手無措，我甚至無法處理自己對她萌生的熱情和性欲，只覺得好羞恥……

15

「我們很相配吧！」

經過路邊的櫥窗，阿貓拉我照著玻璃窗，玻璃映照出我們的身影，就像尋常的戀人，穿著一式一樣的襯衫、牛仔褲，在她身邊我顯得格外嬌小，她拿著裝滿日用品的提袋，我抱著阿寶，別人看見也會羨慕吧！

在陌生的地方、陌生的人群中，在家裡只有我們和貓，這些時候我享受著短暫的幸福，像泡沫一樣不眞實的幸福。

在校園裡經常遇見她熟識的、不熟識的朋友，她的朋友多得嚇人，那些複雜的目光讓我緊張，別人怎麼看待她呢？我不清楚，但是，連一絲絲透露嘲諷和輕蔑的眼光，都會讓我受傷，我不習慣別人的注目，尤其連我自己都懷疑自己的時候。

有天上完課，興致勃勃地拿著圖書館借來關於貓的神話，急著給阿貓看。她躺在床上，翻來覆去，不停的呻吟，一身冷汗，我嚇呆了。

「怎麼了？那兒不舒服？」

我像個廢物一樣站在一旁，一向都是她照顧我，我一點應變能力也無。

「該死的月經，該殺的月經。

「雪，幫我買止痛藥好嗎？」

我看著她，說完她竟臉紅起來，我的心陡地冷掉，阿貓，我們爲什麼要這樣呢？她是個女人，當然會來月經，月經來也和我一樣會痛的，是事實啊！很可恥嗎？當女人有錯嗎？爲什麼我們恥於承認，承認我們只是兩個相愛的女人呢？

那夜，躺在柔軟的大床上，我們無言以對，任憑令人窒息的沉默，無形地傷害早已脆弱不堪的感情。

16

「爲什麼喜歡我呢？」

我問著空了的咖啡杯，阿寶喵一聲跳上我的膝頭，墨搖搖尾巴望著我。

又自言自語了，怎麼阿貓在的時候就說不出口呢？

「第一次看見你的畫，像被人攝走了魂魄，深深陷入畫中的世界。那樣沉重的寂寞、絕望的眼神，濃厚的情感束縛在封閉的嘴巴之中，爲什麼那樣憂傷呢？我知道，我完全知道。是因爲找不到適當的出口。

「畫畫的人叫雪，雪，我一次一次反覆唸著，沉浸在你的畫中無法自拔。

「輾轉透過很多人，一一蒐集了你不曾保留的畫，我很清楚地感受到，我們的生命中有著相通的部分，只要我不停的呼喚你，你就會出現在我面前。」

阿貓撫摸著我細瘦的腳踝，低頭輕輕吸吮我的腳底，這裡就是出口嗎？我凝視她泛紅的臉頰，眼睛輕輕閉著，專注的神情像一個孩子，阿貓，活著很辛苦吧！怎麼不說出來呢？

她只是一直在給，給我溫暖、愛情、欣賞和疼惜，從不開口要什麼，而我這懦弱自私的人，卻只計較著她是男人或是女人這樣的問題，並且留戀貪歡她所付出的一切用心，我什麼也不付出，什麼也付不出。

清醒的時候，只想要逃跑，愈是發現自己愛她，就愈想逃跑。

17

是我的運氣吧！外婆和爸爸都是固執又暴躁的人。

小時候因爲用左手吃飯寫字，不知挨了婆多少打？在鄉下，左撇子是不吉祥的，更何況我是個不名譽的「私生子」呢？

後來聽舅舅說，爸爸屢次要接我回去，都被外婆拿掃把趕跑了，派人送來的錢全部原封不動退回。婆咬緊牙苦守著已破敗的家和她受盡折磨的尊嚴，不肯求助於人。

在婆的嚴厲教導下，我學會了不哭泣，再大的痛苦也不哭，堅強得連想哭時都滴不出眼淚。

婆死後，爸爸來接我回去，我看著眼前的陌生人，沒錯，是爸爸，我的眼睛和他長得一個樣。

在那所豪華的大房子裡，我像灰姑娘變成王妃一樣，過著富裕得不可思議的日子。爸爸因內疚之類的原因，加倍的寵愛我，爸爸的妻子因爲沒有女兒的遺憾對我疼愛有加……在我身上看不到任何受苦的跡象。

而我實在無所適從。習慣了寂寞、安靜、貧困的日子，習慣用沉默表達情感，面對如潮水一波波湧來的客人，喧鬧、談笑、音樂、電視，各式各樣的聲音，我感到比寂寞更可怕的東西包圍著我，置身在眾多叔叔伯伯阿姨之間，像從河裡被撈上岸的魚，口乾舌燥，束手無策……

一次次在客人面前讓爸爸失望，他氣得伸手打我一巴掌。

「叫爸爸不肯，說一聲伯伯你好也不會嗎？

「人家會說我陳某人怎麼教的女兒，啞巴似的！

「說話不會，哭會吧！」

啪，又一個巴掌，我摔倒在地上，額頭撞破，流血了吧！我沒有哭，好想念虎啊！

「不會哭是嗎？我不信你不會哭不會叫！」

他簡直像發瘋似地打我、罵我，大媽在一旁又哭又叫，全家亂成一團……

婆、虎、舅舅、雪也要死了吧！怎麼留下我一個人呢？好孤單啊！雪不乖，惹爸爸生氣了，雪好想哭，一直想哭的，眼淚流在心裡爸爸是看不見的。

那晚，爸爸來幫我敷藥，看見我咬破的嘴唇，他哭了。

「怎麼這麼固執呢？叫痛就不會挨打了啊！

「是爸爸不好，爸爸不對，不該發瘋一樣打人……」

後來，我會叫爸爸媽媽了，問話也會笑著回答，經常說些無聊的笑話逗他開心，學會把眞正重要的事藏在心裡，日子就好過些了。

早說過我是很容易妥協的人，信了吧！

18

「給你辦個畫展吧！」

爸爸突然興沖沖的說。

「就這麼決定囉！反正是自己的畫廊，記者也都很熟，電視台的人一招手就來訪問呢？」

他這樣說，表示一切都籌備好了，只是通知我一聲而已，唉，連我究竟畫了多少都弄不清楚，就把日期決定好了，眞是可以呼風喚雨啊！

我說過了，只是喜歡畫畫，並不想要出名，況且也不是特別有天分的人，不太好吧！

反抗是沒有用的。

「沒關係的，這麼好的畫只給我一個人看太可惜了。就當是辦生日宴會，吃完蛋糕就走人，沒那麼可怕啦！」

連阿貓都贊同，有什麼話說呢？

畫展熱熱鬧鬧的開始了，有雞尾酒、鮮花，和數不清的社會名人，記者、電視台的人也真的來了，評論家都準備好台詞了呢？二十一歲的小女孩，有這種排場，爸爸非得很有錢、有影響力不可。沒錯，他用力跺一下腳，股票就會七上八下跳呢？

並不是覺得自己眞的畫得很差，只是，報上那些報導，眞叫人臉紅啊！像賣衛生紙洗髮精一樣推銷我的畫，太明顯了吧！並不是每個人都收到禮物了，何況還有不畏權勢的正義之士呢？一定有人看不過去的。

漸漸，有人本著藝術良知來斥責這種荒謬的商業炒作，使得原先誇讚我的人更不甘心了，兩派論戰如火如荼，演變成藝術和商業之爭，貪婪之島、文化沙漠等社會問題再一次被嚴重呼籲，連政治風氣敗壞都想起了。

股票不會因此崩盤吧！

我不過是被利用而已。

我躲在阿貓的房子裡，連報紙都不敢看了。學校開始聽見各種流言，沒有朋友長相平凡的女孩，上了報紙電視，大家都會知道吧！

還好不至於被追著要簽名。

畫得不好自己早就承認了，可是有錢的爸爸硬逼著開畫展，一不小心上了報，這不能就說是沽名釣譽吧！

算了，只要沒讓人潑硫酸、扔雞蛋、罵幾句沽名釣譽、名不副實、仗著老爸有錢……之類的，還不算太糟。

可事情沒這麼簡單。

阿貓氣瘋了，硬拖著我去畫廊，把畫一幅幅拆下來，誰也攔不住她。

眼尖的記者蜂擁而至，彷彿我們是反共義士，雙手一舉，做出勝利的V字形，鎂光燈此起彼落……

「對不起，無可奉告。」

我喃喃自語，像某些政府官員吧！

有人湊近正在拆畫的阿貓。

「請問你為什麼臨時來拆畫呢？

「你和陳雪是什麼關係？」

「Fuck you，殺人不見血的傢伙！」

她大聲吼他，還順手推了他一把。

爸爸來了。我知道，這下玩完了。

接下來發生什麼事？爸爸氣壞了這可想而知吧！最好面子的他氣得當眾打我，更可怕的事就接踵而至了。

阿貓拚命護著我，場面非常混亂，那種情形下，她是女人的事實不難發現吧！

「不男不女的，跩什麼跩啊！」

那個被推倒的記者不知道那來的消息？

「你說什麼？」

爸爸衝上來大聲吼著。可憐的爸爸，以前還稱讚阿貓年輕有爲呢？跌破眼鏡了吧！

從藝術和商業，跳到同性戀的問題，記者有更多話題可寫了吧！說不定會強迫我們做愛滋病的篩檢測試呢？

荒唐的鬧劇上演著，我看見自己的瘡疤被揭開，脆弱的傷口滴出了血……再也無所遁形。

19

人言可畏嗎？但，眞正傷害我的，是我自己的懦弱和無知啊！

面對各種流言和難堪，阿貓始終緊握著我的手，擋在我前面，堅定勇敢地保護她的愛人。

而我像被剝了殼的蝦子，赤裸地暴露在空氣中，任何一點傷害都足以使我崩潰。

我逃離了她。那時我只想逃開，逃開一切我無法解釋也不能了解的事物……趁著阿貓熟睡時，我鬆開她緊握的手，一言不發地離開了。

以前阿貓總是問我。

「爲什麼你的左眼比右眼更美呢？帶著像夢境一樣的神情，難以形容的美麗啊？」

我笑了，其實，那隻美麗動人的左眼因爲嚴重弱視，已經快報廢了，所謂夢境般的神情是因爲悲哀的緣故，在生命的盡頭，拚命綻放著殘存的光彩。

所以，我一直只用一隻眼睛觀看事物，我只看見自己想要的，完全忽略自己所不能接受的，等事實完全攤開，才發現自己無力承受。

阿貓，忘了我吧！我不值得你愛的，我只是個受困於世俗觀念和社會規範，沒有主見，不知道自己眞正需要，不敢面對事實的懦夫，沒有資格接受你濃厚的愛。

我沒有能力。

傍晚五點鐘，天井傳來隔壁人家炒菜煮飯的聲音，樓上不知那家小孩正號啕大哭，樓下那對夫妻又吵架了……今天是幾號呢？離開阿貓，離開熟悉的城市，搬進這間小套房多久了呢？存摺裡沒錢可領，老是關在房子裡也不是辦法，該找工作了。

鈴、鈴、鈴，門鈴聲，是誰呢？

「收電費。」

門才打開，男人從門縫硬擠進來，順手關門、上鎖，動作之迅速熟練，令人嘆爲觀止。

冰涼的刀子以優美的姿勢掏出，很快地架上我的脖子。原來是遇見歹徒了。

像發考卷的監考老師似的，男人慢條斯理的說：

「很簡單，兩條路讓你選。

「一、讓我在你身上砍幾刀。很痛喔！

「二、乖乖的和我做愛，一定讓你很舒服。」

中年的男人，一點不像電影裡的變態色魔，說話條理分明，甚至還面帶微笑……我努力評估著，選什麼好呢？條件太相近，實在難以選擇啊！……哎！什麼時候了，我還在胡言亂語！

我並沒有用大學裡教過的女子防身術來逃脫，因爲他就擋著門口，兩扇門有四道鎖，即使我能掙脫脖子下的開山刀，鐵定會在開鎖的中途被砍上幾刀。

大聲喊救命、強暴啊！我自己在這裡聽過幾回，不會有人理的，況且，那把刀子可是磨得又利又亮啊！

就說我是個懦弱的人嘛！不會爲了維護貞操和歹徒拚命的。

我望著壁紙有些斑駁的天花板，男人混濁急促的喘息聽來不太眞切，下體的劇痛也顯得陌生，不像是自己的身體，我在疼痛中想起阿貓，找不到雪一定急壞了，雪在這裡呢！回不去了，已經回不去了。

男人穿上褲子走了，或許以爲遇到白癡了吧！既不哭喊，也不抵抗，只是瞪著天花板自言自語，面無表情。

我赤裸地躺在床上，想起阿貓第一次吻我，吻我的身體，像羽毛撫過的觸感記憶猶新，很快樂啊！像要融化一樣……我撫摸著刺痛不已的陰部，我要的不是男人嗎？我逃離了阿貓不正因爲她不是眞正的男人嗎？

我狂笑著，狂笑著，久久久久，不曾停歇……

20

隨便找家KTV當小妹、公主，踩著高跟鞋端著托盤在男人之間穿梭，小費像雪片一樣撒在托盤上……賺夠了錢就埋在pub裡喝酒，高興起來拿鈔票撕著玩的事也有過，不想回家就找個順眼的男人過夜吧！錢花完再賺就有，和男人睡覺只要閉上眼睛就行。

踐踏自己，踐踏過去一切的回憶。

遇見男人，多少日子過去了？

在 pub 裡認識的，坐在對面看了我半天，矮小粗壯的中年男人，長相還不壞，就是頭髮少了點。

像練習很久終於上台的演員，他謹慎地唸著台詞：

「年輕的小姐喝這麼多酒不好喔！」

蠢話！

「難道應該到這兒來吃牛肉麵嗎？」

我朝他噴了口煙，他鬆了口氣似地微笑著。

「就是想請你去吃牛肉麵啊！」

凌晨一點鐘還有得賣嗎？

開車到了牛肉麵店，當然已經關門了。他死命地敲門，隔壁的人先開窗破口大罵，後來才出來一個胖胖的老頭，也是氣沖沖的。

「拜託拜託，我女兒明天要去美國念書，說是臨走前想吃你煮的牛肉麵，吵了一整晚，不肯睡呀！……」

牛肉麵眞的吃到了，看不出還是個很會胡扯的人，哄得胖老闆開心極了。

吃完牛肉麵想做什麼？難道去早安晨跑嗎？

「想跟我上床吧！」

我說。這種事見太多了，不過半夜請吃牛肉麵的倒是第一次遇到。

「老實說，還不想。想聊聊天。

「我不是不正常喔！雖然四十五歲了可是照樣會勃起啊！每次至少維持半小時呢？

「現在眞的只想說說話，剛才看見你喝酒的樣子不太放心，連續三天都看見你了，以爲你是會自殺的那種女孩子，眼神很絕望，長得是很可愛啦！可是酒這樣喝也不行啊！」

哎，是個多嘴的人，不過話倒是一針見血。

我想起從前念過的《麥田捕手》，他是個捕手嗎？專門來守護我這個老是要跌出世界邊緣的孩子。那麼，就在一起吧！雖然是個長得不好看的老男人，可是，他給我一種莫名的安全感，我累了，只想靠一靠。

「為什麼跟我在一起？」

「因為怕你會腐爛。」

男人說。

你知道什麼呢？我不過是個沒有勇氣的傢伙，傷害了心愛的人，做錯了許多事，連自己為什麼還活著都不知道。

「你這樣拚命傷害自己有什麼用呢？死去的人不會復生，受傷的人也傷過了，活著的人期待得到溫暖卻得不到，誰得到好處了呢？怎麼確定事情一定沒有轉機呢？」

有嗎？在那兒？

「問問你自己的心吧！」

21

認識男人之後，找到了廣告社的工作，薪水不及KTV的一半，反正酒少喝些就行了。

重新提起畫筆，畫枯燥無味的電影看板，也畫反覆出現的夢境，夢裡的臉孔如此清晰，我卻不敢喊出她的名字。

誰呢？還等著我嗎？我側耳傾聽，心臟只是怦通跳著，沒有回答。

在貓店看見那隻貓，我才知道，我一直在想念她。阿貓化身成各種形象出現在我的生活中，爲的是不讓我逃避自己。

面對現象，展開全面新生活運動吧！結果卻把貓養死了。

「得的是傳染病，雖說一開始找錯了醫生，可是，貓死了怎樣也不能說是你的錯啊！」

男人抱著我，親親我的臉頰。

「來打一針，醫生給你打一針，治療你的憂傷。」

想做愛了啊！懷裡抱著死去的貓，坐在涼涼的草地上，這時候想做愛太過分了吧！我用力搥了他的褲襠。

「犧牲在下的命根子，可以博取美人一笑，值得啊！」

他摀著下體跳起來，剛剛搥他的時候軟綿綿的，沒有勃起，原來只是逗我開心的，我笑了。打一針吧！很有效的。

我看著他，是個很好的男人，做愛技巧不錯，聽我說無聊笑話時很有耐心，也懂得引我發笑……然而，我的憂傷不是打針就可以治好的，況且，一直讓別人的丈夫、爸爸，爲一個平凡無奇的女孩傷神，時間無謂的浪費，實在說不過去啊！

我不會因此得救，其他人卻會因此痛苦呢？

中場休息。我說，該換別人上場了吧！這樣下去眞的付出了感情就麻煩了。

「已經付出感情了啦！」

男人大叫著。

聽見了，用不著讓全世界的人都知道吧！我也付出感情了啊！至少半年多來彼此都沒有浪費時間。還要怎樣呢？

應該好好跟男人說聲謝謝的，如果不是他，或許我早已經酒精中毒，或者醉倒在陰溝裡跌死了也說不定，雖然沒有變成健康快樂的人，但，腳步總算是堅定地踩在土地上，也試著努力活得愉快些。

「再見了，雪。

「要記得，不是每一個男人都像野獸的。」

我記住了，男人，不像野獸的好男人，我其實並不討厭男人，只是，我心中早已有了無可替代的愛人。

是阿貓，阿貓；我知道了，走了那麼多冤枉路，才知道，根本不是性別的問題。

22

好久不見了，阿貓。

夜裡總是夢見你，你帶著無比憂傷的眼神望著我，是因我而受的傷。我害怕你已經死了，我心愛的人總是莫名的死去，留下我孤單地面對黑暗、面對寂寞，我已經厭倦了。

「雪，終於找到你了。」

是嗎？你一直在找我嗎？

阿貓的手指在我赤裸的脊背上爬行。一個人慢吞吞的在路上走著，走過許多陌生的地方，我以爲自己在逃避她，原來我是在尋找，尋找自己眞正的欲望和情感。

「貓死了，貓死了。

「我是個懦弱的人！」

在她堅實牢靠的懷抱裡，我終於放聲大哭。

好久了，一直想哭的，卻只能胡亂編些笑話來掩飾，阿貓，我很糟糕，面對痛苦時，只會自私的逃跑。

買回來不到三個月，貓就病了。從感冒變成肺炎，每天早晚冒著大雨送到醫院治療兩次，十天來打了五、六十針，時好時壞，直到那個醫生摸著我的大腿說想跟我上床，才知道是找錯了醫生。

換到另一家醫院，年輕的醫生看見貓就搖頭了。

「肝臟都損壞了，腹部的積水很嚴重。照這些症狀來判斷，應該是得了『傳染性腹膜炎』，沒藥救的病。」

貓痛苦不堪，身體因嚴重黃疸而泛白，已經十天沒有進食，肚子卻愈來愈大。

「是要拖一天算一天，還是讓牠安樂死？」

醫生問我。貓自己想怎樣呢？我不知道。

打完點滴，貓更痛苦了，因腹水壓迫到胸腔而呼吸困難，貓張口哀號，在診療台上翻滾著……

貓抬頭看我，失去光澤的眼珠渙散著，絕望的眼神像利刃劃破我的心。

貓想死吧！太痛苦了，我怎麼辦呢？親手殺死牠嗎？

我狂奔出門。

貓要我結束牠的痛苦，一定是的，那麼驕傲的貓，一定不願這樣悽慘地活著，爲什麼我不放過牠呢？爲什麼眼睜睜看著牠痛苦呢？

我跑回醫院，好的，讓牠去吧！

護士輕拍著貓的背，貓安靜地躺著，已經不痛了嗎？

我高興地伸手去抱牠，可以回家了，以後想吃什麼都可以，不再放你孤單的生病了……然而，牠張大雙眼，齜牙咧嘴，已經斷氣了。

死的時候一定想見我吧！貓在陌生人的懷裡死去會害怕吧！是我太懦弱了。

阿貓，你恨我嗎？

23

「哭出來就好了。都過去了。」

阿貓托起我的臉，一一吻乾我的眼淚。

兩年多過去，阿貓更瘦了，頭髮剪短，還是亂糟糟的，貓咪一樣的眼睛更加幽深，我在她眼裡看見自己，我們改變了嗎？

「恨我吧？」

「爲什麼要恨呢？

「我從沒有停止尋找你。」

我眞傻，眞傻，現在回想起來，從前所迷惑的、害怕的，都是一些微不足道的事啊！我睜開雙眼，清清楚楚的看著她，阿貓，性別上是個女人，長相舉止都像社會定義中的男人，然而，深深吸引我的不正是她混合著堅毅、自我、狂野和溫柔、細膩的性格嗎？在我眼中，她只是我的愛人，一個令我無法抗拒的人，當我第一眼看見她就已經愛上了她，現在愛她，以後也不會改變……

我們自小在社會中成長，各種教育、訊息、知識都告訴我們，男生愛女生，女生愛男生是天經地義的事，人可以對一隻狗、一隻貓產生像親人一般的感情，卻不能容忍人對相同性別的人產生愛情和性欲，我因爲自己愛上了一個女人而驚慌不已，甚至害怕得逃離，只是不願和別人不一樣而已，結果呢？結果讓自己變成一具行屍走肉，空洞地在世上飄來蕩去，誰又認同我了呢？

眞是愚蠢至極。

24

「雪，對於我是個女人的事實很難接受吧！

「我自己也是呢？」

阿貓輕鬆的對我微笑著，那一笑，眞是驚天動地的美麗。

我撫摸著她的胸口，襯衫下小小的、柔軟的凸起，這兒是阿貓的乳房，沒有看過呢？

我小心翼翼的慢慢解開她的鈕子，一顆……兩顆……

「連生了五個女兒的母親，若不是望族的女兒，早就被掃地出門了，偏偏父親是獨子，家勢也很顯赫喔！

「我一落地，母親當場被宣判了死刑。

「怎麼辦呢？恩愛夫妻就此被拆散嗎？什麼時代了？但，眞是這樣，半年後大肚子的女人搬進來了，第一胎就生了男孩。我母親沒話說了，自己運氣不好，就帶著我回到了娘家。

「她如何也不肯承認我是個女孩，我被當成男孩來撫養，奇怪的是，我無論長相、身材、聲音，完全像個男孩，她更是不甘心，明明是男孩嘛！怎麼大家都不信呢？父親見了我，喜歡極，說我活脫是他的翻版，把我硬接回家住。

「我深深體會到在那個家庭裡，男人和女人的待遇有如天壤之別，我以男孩的身分享盡一切特權，連進了女校念書，也像個白馬王子一樣受到歡迎。

「我渴望成爲一個眞正的男人，因爲，一切的幸福和榮耀都建築在這個假相之上，我深恐一個不小心，就會一無所有……」

襯衫脫下，阿貓美麗的身體在我面前閃爍著，兩只小小的乳房羞怯地顫抖著，粉紅色的乳頭像貓的鼻尖，堅挺而敏感，我張嘴輕輕含住它，吸吮著阿貓隱藏許久的祕密……

「雪，我知道你害怕什麼？我自己也害怕。

「遇見你之後，我想，像雪這麼好的女孩，應該是喜歡男人的吧！我盡一切可能扮演著男人的角色，卻仍擔心你會離去。

「爲什麼如此愛你？自己也說不清，總覺得唯有你才能讓我眞實的生活著，放下一切負擔，卸下面具，安心而輕鬆的活著……雪也是這樣想吧！結果卻不是如此，因爲太在乎反而說了謊，不敢說出心裡眞正的想法，彼此都受到了傷害。」

阿貓的身體一直在期待我的愛撫，期待我去欣賞，我早就該知道的，爲什麼逃避呢？我沒有說話，不需要再說了，阿貓，你一向比任何人都知道我，現在知道我愛你了嗎？

「我第一次看見她赤裸的模樣，卻覺得好熟悉，熟悉得彷彿我自己的身體。陰部溫暖而潮濕，我輕輕撥開濃密的陰毛，等我很久了吧！神祕的洞穴，泉水很甘美呢？我俯身親吻著它。眞抱歉，一直讓你失望了，以後會好好愛惜你，不要再害怕了。

「雪，你離開之後，我開始面對自己。

「我一次一次逼自己赤裸地站在鏡子前，『看，這就是你的身體，乳房小了點，腰太粗了，但，是一個女人，和雪一樣的，是事實喔！雪知道所以走了，你自己呢？』

「我想，如果雪需要的是男人，我自己也想當男人，那麼，去動手術吧！

「我可以為雪做任何事情，但是，一想到身體要改變成另一種樣子，雙腿之間多出一根陌生的陰莖，我就快要發狂！不，我喜歡自己的身體，我不想改變啊！

「第一次，我懂得愛惜自己的身體。

「我想再見你一次，告訴你我愛你，然而我無法變成真正的男人，我不要再欺騙你，我只是阿貓，只是個很愛雪的人。」

阿貓一直呢喃著。我知道了，我都知道了。我像青春期剛發育的時候一樣衝動，發現自己按捺不住熾熱的情欲，阿貓，我想要你，真的好想要你。

25

「我是個如假包換的女人吔！不在意嗎？」

阿貓問我，表情之靦腆，惹得我好想吻她。

「反正我也是女人啊！難道你會在意？」

她像水蛇一樣的舌頭纏住了我。

「孩子的事呢？」

「反正可以養貓啊！養二十隻也沒問題。」

「家裡面怎麼交代？」

「帶他們去看，《囍宴》吧！大家都知道的。

「從此王子公主過著幸福快樂的日子啦！」

我拍手大笑。

「沒那麼簡單，走在路上別人會指指點點的喔！」

阿貓敲下我的頭。

「好啊！說不定會因此上頭條新聞，再度成爲熱門話題，連總統都會下令接見呢？」

「別鬧了，不可能的，現在很多人這樣呢！」

「那不就結了，反正是別人的事啊！」

「要考慮清楚喔！」

「再清楚不過了。」

我翻身躺在床上呻吟著。

「怎麼了？難過嗎？」

「難過！」

「爲什麼呢？」

「人家好想做愛啊！你卻一直問問題。」

我們瘋狂地交纏起來，阿寶在一旁優閒地坐著。

死去的貓，爲我們祝福吧！明天開始還得面對社會的眼光呢？我想和阿貓回去看爸爸，說不定會被痛打一頓趕出來呢？

管他的，怎麼做都會有困難的，每一條路都不好走啊！重要的是，終於見到了心愛的人。

貓死了之後……世界如常地轉動。

文學叢書 570

INK PUBLISHING

惡女書

作　　者　陳　雪
總 編 輯　初安民
責任編輯　陳健瑜
美術編輯　黃昶憲
校　　對　陳健瑜

發 行 人　張書銘
出　　版　INK印刻文學生活雜誌出版股份有限公司
新北市中和區建一路249號8樓
電話：02-22281626
傳真：02-22281598
e-mail : ink.book@msa.hinet.net
網　　址　舒讀網http : //www.sudu.cc

法律顧問　巨鼎博達法律事務所
施竣中律師
總 經 銷　成陽出版股份有限公司
電　　話　03-3589000（代表號）
傳　　真　03-3556521
郵政劃撥　19785090　印刻文學生活雜誌出版股份有限公司
印　　刷　海王印刷事業股份有限公司

港澳總經銷　泛華發行代理有限公司
地　　址　香港新界將軍澳工業邨駿昌街 7 號 2 樓
電　　話　852-27982220
傳　　真　852-31813973
網　　址　www.gccd.com.hk

出版日期　2005年 7 月　初版（共三刷）
2022年 9 月 20 日　二版二刷
ISBN　978-986-387-247-4

定價　280元

國家圖書館出版品預行編目資料

惡女書／陳雪 著；-- 二版，--
新北市中和區：INK印刻，2018.07
面；　公分. --（印刻文學；570）
ISBN 978-986-387-247-4（平裝）

857.63　107010613